KB078150

기적의 연출 3

서산화 장편소설

초판 1쇄 찍은 날 § 2016년 11월 15일
초판 1쇄 펴낸 날 § 2016년 11월 22일

지은이 § 서산화
펴낸이 § 서경석

편집책임 § 김슬기
편집 § 김현미

펴낸곳 § 도서출판 청어람
등록번호 § 제387-1999-000006호
등록일자 § 1999. 5. 31
어람번호 § 제1-2566호

주소 § 경기도 부천시 원미구 부일로 483번길 40 서경B/D 3F (우) 14640
전화 § 032-656-4452   팩스 § 032-656-4453
http://www.chungeoram.com
E-mail § chungeorambook@daum.net

ⓒ 서산화, 2016

ISBN 979-11-04-91042-5 04810
ISBN 979-11-04-90993-1 (세트)

※ 파본은 구입하신 서점에서 교환하여 드립니다.
※ 저자와 협의하여 인지를 붙이지 않습니다.
※ 이 책은 도서출판 청어람과 저작자의 계약에 의해 출판된 것이므로,
   무단 전재 및 유포·공유를 금합니다.

Miracle Direction
기적의 연출
3 서산화 장편소설
FUSION FANTASTIC STORY
도서출판 청어람

Contents

Chapter 1 액션 멜로의 사실적 연출 7

Chapter 2 영국행 비행기에서 55

Chapter 3 이름 없는 각본가 93

Chapter 4 한국에서 온 풍운아 119

Chapter 5 두각을 나타내다 161

Chapter 6 각본을 살리는 연출 213

Chapter 7 베니스에서 생긴 일 251

Chapter 1
액션 멜로의 사실적 연출

보름 사이 연출팀 팀원들은 눈코 뜰 새 없이 바빴다. 학업과 세트장 설계, 촬영 소품 구입, 촬영 장소 섭외, 단역 및 보조 출연 섭외 등을 병행했기 때문이다.

〈부산〉 첫 촬영 날. 지호는 팀원들과 함께 혜화동 구석진 골목에 위치한 허름한 여관에 미리 가 있었다.

그리고 얼마 안 되어 무술 연기자들이 도착했다. 그들을 인솔한 강우가 반갑게 인사를 건넸다.

"어이쿠, 우리 감독님. 그간 잘 지내셨죠?"

연락은 종종 주고받았지만 두 사람이 만나는 건 서울로 올라온 뒤 처음이었다.

빙그레 웃은 지호가 대답했다.

"네, 잘 지냈어요. 팀원들을 소개해 드릴게요."

그는 강우를 바라보고 있는 팀원들을 소개했다.

"이쪽은 조연출 윤민수 선배, 조명감독 임보현이 선배, 미술감독 겸 음향에 김기철 선배, 스크립터 겸 음향감독 구해조예요."

한 명씩 이름이 호명될 때마다 눈을 맞추며 인사를 나눈 강우가 이내 자신을 소개했다.

"저는 한국액션스쿨에서 온 교육생 이강우라고 합니다. 잘 부탁드립니다."

지호가 덧붙여 말했다.

"우리 팀의 무술감독이 되어주실 거예요."

다들 박수를 쳐주는 가운데 기철이 말했다.

"오히려 저희가 부탁드려야죠. 이번 영화의 성패는 무술감독인 강우 씨한테 달렸다고 해도 과언이 아닙니다."

강우 입장에선 부담을 느낄 수도 있는 말이었다. 따라서 지호는 서둘러 화제를 돌렸다.

"강우 형과 저는 여관을 쭉 둘러보면서 동선을 체크해 볼게요."

"그래, 우린 촬영 장비 점검 한 번 더 하고 배우들 어디쯤인지 연락해 볼게."

알아서 척척 움직이는 기철을 보며 흐뭇한 기분이 든 지호
가 대답했다.

"네, 그렇게 해주세요, 형."

그는 강우에게로 눈길을 돌렸다.

"그럼 우린 동선 체크하러 출발할까요?"

"넵! 우리 감독님이 보내준 설계도랑 사진을 이용해서 움직
임을 짜고, 며칠 전에 미리 와서 사전 답사까지 했는데 마음
에 드실지 모르겠네요. 하하하!"

두 사람은 방을 나서서 복도와 계단을 훑으며 곳곳에서 벌
어질 액션 씬을 검토했다. 손발 다 써가며 침까지 튀기는 강우
의 열띤 설명을 묵묵히 들으며 지호는 두 눈을 반짝였다.

'기대했던 것보다 훨씬 잘 나오겠는데?'

기존 액션 씬은 몇 가지 굵직한 스타일로 나뉘는 데 반해,
강우가 만든 장면들은 전혀 색다른 느낌을 주었다. 지호가 하
고 있던 상상을 정확히 관통한 것이다.

"완벽하네요. 무술 연기자들은 준비가 된 상태인가요?"

"네, 충분히 연습하고 왔습니다. 중요한 건 배우들이 얼마
나 빨리 체득하느냐 하는 것이죠."

지호는 고개를 끄덕였다.

두 사람은 이후에도 삼십 분가량 더 동선을 체크했다. 마지

막으로 여관 앞 추격 장면을 구상하고 있을 무렵.

익숙한 얼굴들이 골목으로 들어섰다.

"오, 배우들도 도착했네요."

지호의 말에 따라 강우의 고개도 돌아갔다.

두 사람, 용빈과 선기가 나란히 걸어오고 있었다.

거리가 가까워지자 지호가 물었다.

"어떻게 두 분이 같이 오셨네요?"

"우연히 골목 앞에서 만났어요."

용빈의 표정과 말투가 딱딱했다. 경쟁자를 의식하는 눈치였다.

반면 선기는 오히려 편안한 얼굴이었다.

"오늘도 잘 부탁드립니다."

그는 처음 보았던 모습과는 전혀 다른 인상이었다. 용빈에비해 작은 키와 왜소한 체격인데도 불구하고 묘한 중압감을풍기고 있는 것이다. 머리를 올려 얼굴을 훤히 드러내고 귀티나는 화이트 셔츠에 블랙 팬츠를 입은 것뿐인데 전혀 다른 사람이 되어 있었다.

'두 사람에게 의상과 헤어스타일을 지정해 주길 잘했어.'

마찬가지로 같은 의상을 입고 있는 용빈은 훤칠한 키와 태평양처럼 딱 벌어진 어깨가 척 봐도 모델 느낌이다.

그럼에도 선기가 기죽지 않았다는 건 다시 생각해도 놀라운 일이었다.

지호는 서로를 소개해 주었다.

"이쪽은 주연배우 후보인 조용빈 배우, 명선기 배우. 그리고 이쪽은 이강우 무술감독입니다."

"반갑습니다."

"잘 부탁드립니다."

두 배우의 인사를 받은 강우는 어깨가 으쓱해졌다. 교육생 신분에 '무술감독'이란 말이 썩 듣기 좋았던 것이다.

'돌아가기 싫어지네.'

내심 생각한 강우가 대답했다.

"하하! 저야말로 잘 부탁드립니다."

서로 소개를 마치자 지호는 두 배우에게 말했다.

"먼저 들어가 계시면, 동선 체크 끝나는 대로 갈게요."

"알겠습니다."

"네, 이따 뵙겠습니다."

두 배우가 먼저 들어갔다. 잠시 후 동선 체크를 마무리 지은 지호 역시 강우와 함께 여관방으로 이동했다. 안에서는 촬영 준비를 마친 스태프들과 배우들이 콘티를 보며 대화를 나누고 있었다.

지호가 도착하자 민수가 곁에 와서 속삭였다.

"지호! 명선기 씨는 왜 저렇게 달라졌어?"

"스타일만 바뀌었을 뿐인데요."

"그러니까! 다들 처음에는 못 알아봤다니까? 심지어 녹화화면 말고 실물로 봤던 나나 기철이도 명선기 씨가 맞나 긴가민가했어."

"아마 헤어스타일 때문에 그랬을 거예요."

지호는 살짝 웃으며 대답했다. 오디션에 왔을 땐 촌스럽고 덥수룩한 바가지 머리였다. 오디션 중간에 앞머리를 올리긴 했었지만 이미 뿌리내린 인상이 바뀔 정도는 아니었다. 그런데 오늘은 머리부터 발끝까지 새로 스타일링을 하고 나타났다.

물론 이는 지호의 안배 덕분이었다. 그는 두 배우 모두에게 의상과 헤어스타일을 세세하게 정해줬다. 편애가 아닌, 같은 조건에서 경쟁할 수 있도록 기반을 조성해 준 것이다.

민수는 거듭 혀를 내둘렀다.

"아무리 봐도 대박이야, 대박."

한편 기철은 놀란 마음을 뒤로한 채 평소 안색으로 돌아와 두 배우와 콘티에 대해 이야기를 나누고 있었다. 하지만 선기의 얼굴을 볼 때마다 순간순간 드는 생각마저 떨칠 수는 없었다.

'어쩌면 지호 말대로 연기를 시작했을 땐 전혀 다른 모습을 보여줄지도……'

현장 리허설의 결말이 예상과는 다를 수도 있겠다는 생각이 들기 시작했다.

그사이 콘티 설명이 끝나고, 강우의 감독하에 무술 연기자와 배우 간에 합을 맞췄다. 그리고 마침내 현장 리허설 시간이 되었다.

*   *   *

지호는 카메라를 어깨 위에 얹었다. 어깨를 지그시 누르는 무게감에 덩달아 흥이 났다.

'드디어 촬영이다!'

그는 밝은 표정으로 말했다.

"먼저 조용빈 배우부터 볼게요."

고개를 끄덕인 용빈이 여관 침대에 앉았다.

지호의 카메라가 위치를 잡고 그를 담았다.

"후."

용빈이 이마를 짚고 고뇌하길 한참, 방 불을 끈 그는 침대를 놔두고 구석진 곳에 쪼그려 앉았다. 바로 곁에 모형 권총을 놔둔 상태였다.

방 안에 초조한 분위기가 흐르는 그때.

방문 문고리가 덜컥거렸다.

쿵, 쿵, 쿵, 쿵!

복도로부터 소음이 울려 퍼졌다.

이내 용빈이 눈을 뜨는 순간 문을 부수며 시커먼 무언가가 난입했다.

탕, 탕, 탕!

총구에서 뿜어진 불빛이 방 안을 물들였다.

침투한 물체는 총알을 맞지 않았는지, 순식간에 접근해 새파랗게 번뜩이는 칼날을 휘둘렀다. 그때부터 두 사람이 몸을 던지며 격투를 벌였다.

지호는 롱테이크로 이어지는 이 장면을 직접 카메라를 들고 밀착해 촬영하는 핸드헬드 숏(Handheld shot)으로 찍었다.

이 모습을 복도에서 지켜보던 스태프들은 손에 땀을 쥐고 있었다. 용빈과 무술 연기자의 합은 스릴 있게 맞아떨어졌고, 두 사람 주위를 끊임없이 움직이며 촬영하는 지호의 모습은 박진감을 더했다. 마치 세 사람이 한 몸이 된 것처럼 역동적으로 움직이고 있었다.

그중 기철은 걱정이 앞섰다.

'과연 잘 나올까?'

지호의 촬영 실력을 믿지만, 이처럼 움직임 폭이 큰 장면을 롱테이크로 담기란 베테랑 촬영감독이라고 해도 쉽지 않은 일이었다. 쉼 없이 움직이는 와중에 잠시라도 배우들을 놓치면 장면을 통째로 말아먹게 되는 것이다.

쾅!

때마침 용빈이 무술 연기자를 책상에 처박았다. 용빈은 무술 연기자가 쓰러진 틈을 타서 복도로 도주했다. 약 3분 동안 이어지는 격투 장면을 끝까지 촬영한 지호가 카메라를 내리고 말했다.

"잠깐 합을 맞춰본 것만으로 이 정도 액션을 소화해 낼 수 있다니 놀라운데요?"

강우가 고개를 끄덕이며 맞장구를 쳤다.

"무술 연기자라고 해도 믿을 정도로 운동신경이 뛰어나요. 평소에도 격투기 같은 운동을 꾸준히 해온 것 같고."

칭찬이 이어지자 용빈을 지지하던 기철은 흐뭇한 미소를 지었다.

'역시 적임자야.'

그가 지호에게 물었다.

"화면은 잘 나왔어? 두 사람이 워낙 격렬하게 붙어서 촬영이 힘들었을 것 같은데."

자신보고 하라면 못한다. 액션 영화 전문 촬영감독이 아닌 이상 대부분이 불가능할 것이다.

그런데 지호는 가능했다.

"네. 일단 한번 보시겠어요?"

지호가 화면을 팀원 모두에게 공개했다. 완벽한 장면을 구현하기 위해선 중간중간 짤막한 편집이 필요하겠지만, 지금 상태로 내보내도 어설프지 않을 정도로 구도가 정확했다.

오죽하면 화면을 보던 팀원들이 매료되어 탄성을 뱉었다.

"와, 대박. 상업 영화, 그것도 할리우드 액션 씬을 보는 느낌이야."

"저렇게 역동적으로 움직이는데 어떻게 배우들을 잠시도 놓치지 않을 수가 있지?"

민수와 보현은 충격을 받은 눈치였다. 선배로서 후배의 실력에 감탄하면서도 경계심을 가지게 되는 건 어쩔 수 없었다.

그나마 지호를 오래 봐왔던 기철은 어느 정도 면역이 되어 있었다. 편집 실력을 보게 된 순간부터 그는 이미 지호를 경쟁 불가능한 상대로 판단한 상태였다.

'역시… 최소한의 흔들림만으로 긴장감은 살리되 세세한 부분까지 선명하게 담아냈어.'

허탈하게 웃은 그는 감탄을 숨기지 않고 지호의 어깨를 두드리며 말했다.

"너한테 학교는 너무 좁은 것 같다."

"아니에요, 형."

지호는 부끄러운 기분이 들어 말을 돌렸다.

"그나저나 이제 명선기 배우를 볼 차례네요."

팀원들의 시선이 선기를 향했다. 선기의 겉모습이 그럴듯해졌지만 누구도 용빈이 밀려날 거라고 생각지 않았다. 배역에서 밀려나기에는 너무 인상 깊은 무술 연기를 보여줬기 때문이다.

정작 선기의 표정은 덤덤했다.

"시작할까요?"

고개를 끄덕인 강우가 선기와 합을 맞췄던 무술 연기자에게 고갯짓을 했다.

방 안으로 난입하는 연기를 위해 복도로 나온 무술 연기자는 연신 고개를 저어댔다.

"뭐야? 왜 그래?"

강우가 묻자 무술 연기자가 대답했다.

"후… 완전 몸치라 무술 연기는 포기해야 될 정도예요, 형. 도무지 몇 번을 설명해도 안 됩니다."

"그래?"

강우는 불안한 눈빛으로 지호의 눈치를 살폈다.

눈이 마주친 지호는 태연한 얼굴로 카메라를 들고 있었다. 잠시 후 그가 입을 열었다.

"이번에는 명선기 배우 리허설 들어갈게요."

지시가 떨어지자 보현이 조명을 들고 위치했다. 기철은 부서진 소품 대신 새 소품으로 세팅하고 붐 마이크를 잡았다. 마지막으로 해조가 헤드폰을 쓰며 음향을 체크했다.

그녀가 외쳤다.

"테이크 번호 없이 리허설 들어가겠습니다!"

현장으로 들어간 지호가 카메라를 작동시켰다.

"롤."

선기가 침대에 앉는다. 땅거미가 내려앉은 방 안의 어스름한 불빛 속에서 그의 고독한 두 눈이 반짝인다. 적막이 흐르는 가운데 지호가 작게 싸인을 보냈다.

"액션."

선기는 권총을 곁에 두고 침대 위에 앉은 채 멍하니 창밖을 바라보았다. 그는 침묵했지만 커다란 눈동자 깊숙한 곳에는 극도의 불안이 자리 잡고 있었다.

지켜보고 있던 이들의 몸에 찌릿한 전율이 흘렀다. 모두의 넋 나간 표정을 발견한 용빈이 입술을 지그시 깨물었다.

'젠장, 단숨에 모두의 시선을 사로잡았어. 어떻게 저렇게 정확할 수 있지?'

자신 역시 스스로 만족하는 연기를 선보였지만, 경쟁자인 선기의 연기는 도저히 형언할 수 없는 강렬한 무언가가 자리 잡고 있었다.

지호는 카메라를 통해 이 강렬한 느낌을 재확인했다.

'침착하고 절제된 연기.'

용빈의 연기는 화려했지만 선기의 연기처럼 깊은 무게가 느껴지진 않았다. 잘하려는 의욕이 미세하게 넘쳐 꾸며낸 듯 보일 수도 있는 것이다. 물론 곧바로 선기의 연기를 보지 않았다면 누구도 눈치채지 못했을 만큼의 오버(Over)였다.

용빈 입장에선 서운하고 억울할 수도 있지만, 지호는 확신했다.

'이건 웬만해선 커버할 수 없는 재능의 차이야.'

감각이 큰 비중을 차지하는 예체능 분야에서는 천부적인 차이가 존재한다. 용빈과 선기의 연기적인 재능은 음악으로 치면 많은 연습과 노력이 뒷받침돼서 음정을 맞출 수 있게 된 사람과 절대음감을 타고나 감으로 모든 음정을 정확히 맞출 수 있는 사람의 차이였다.

선기가 여전히 고독하고 초조한 눈빛으로 창문을 바라보던 찰나.

문고리가 덜컥거렸다. 꼬리를 물고 복도에서 시끄러운 소음이 났다. 그 후 시커먼 그림자가 문을 부수고 들어섰다.

반면 총성은 없었다. 낌새를 알아챈 선기가 벌떡 일어나 무술 연기자가 난입하는 동시에 가슴에 총구를 겨눈 것이다.

지호는 카메라를 통해 선기의 표정을 보았다.

'좋아.'

척 봐도 차가운 분노가 느껴진다. 명백한 애드리브였지만 아무도 애드리브로 인지하지 못하고 있었다.

오직 총구 앞에 선 무술 연기자만이 등에 식은땀을 흘릴 뿐이었다. 진짜 쏠 것 같은 느낌을 받았기 때문이다. 비록 소품용 총이라 해도 지금처럼 붙어 있으면 화상을 입을 수 있었다.

'설마 내가 강우 형한테 한 말을 들은 건가?'

안 그래도 선기가 몸치라며 흉을 봤던 무술 연기자는 바짝 긴장했다.

팽팽한 긴장감 속에 침묵이 흘렀다.

그리고 이내 선기가 입을 열었다.

"피를 부른 건 우리 모두 마찬가지야."

그는 완전히 캐릭터에 몰두했다. 캐릭터가 돼서 말을 한다. 애드리브 대사가 전혀 어색하지 않았다.

하지만 문제는 이제부터. 어떻게든 상대를 넘어뜨리고 문밖으로 뛰쳐나가야 하는 상황이었다.

다행히도 선기는 똑똑한 배우였다.

"스읍."

숨을 깊이 들이쉰 선기가 능숙하게 파고들어 무술 연기자를 쓰러뜨렸다. 자신이 몸치임을 알고 무술 지도를 받을 때 딱 한 가지 동작만 기억해 뒀던 것이다.

갑작스러운 공격에도 무술 연기자는 안전하게 합을 맞췄다. 그를 쓰러뜨린 선기는 카메라 밖으로 나갔다.

동시에 카메라를 내린 지호가 고개를 돌리며 말했다.

"다 같이 모니터링할게요."

모두 카메라 앞으로 몰려들었다. 명선기가 연기한 장면들이 카메라에서 흘러나왔고, 화면 속 연기를 보던 스태프들은 하나같이 고민하는 얼굴이 됐다.

'결정 내리기 쉽지 않겠지.'

지호는 배우들을 향해 말했다.

"실례지만 잠시 스태프 회의를 해도 될까요?"

진즉 이 상황이 현장 오디션임을 인지하고 있던 용빈과 선기는 고개를 끄덕여 보이고는 자리를 피해주었다. 두 배우가 복도로 나가자 기철이 먼저 입을 열었다.

"난 여전히 주연은 용빈이로 갔으면 한다. 액션 영화에서 액션이 힘든 배우를 주연으로 삼는 건 바보 같은 짓이야."

보현 역시 한마디 거들었다.

"내 생각도 같아. 조용빈 배우 연기가 어색했으면 몰라도, 그만하면 충분히 좋은 연기를 하는 배우라고 생각해."

지호는 고개를 끄덕였다. 그가 현장 리허설에 앞서 이전보다 편안해 보였던 건 다수결의 원칙을 따르기로 마음먹었기 때문이었다.

"저는 변함없이 주연으로 명선기 배우를 지지합니다. 그 눈빛에 매료되었어요. 이제 나머지 분들도 자신의 의견을 소신

껏 말씀해 주세요."

곰곰이 생각에 잠겨 있던 민수가 손을 들며 말했다.

"흠, 나도 지호 의견에 동의! 그런 카리스마는 만든다고 해서 되는 게 아니야."

그는 이어서 강우를 보며 물었다.

"게다가 무술 연기는 대역을 써도 되는 거 아닌가요?"

"맞습니다. 다만 계약된 2회차 외의 분량일 경우 추가 비용이 발생하겠지만……."

"그건 일당이라도 뛰어서 메우면 되고. 우리 배우는 연기력만 보고 뽑읍시다."

거침없이 의견을 제시한 민수가 해조를 보았다. 현 상황은 2 대 2. 최종 결과는 이제 그녀의 손에 달려 있었다.

"결정하기 전에 한 가지만 묻고 싶어요."

지호를 직시한 해조가 이어 물었다.

"단순히 눈빛만으로 배우를 결정하기에는 조금 추상적인 것 같아. 네가 보고 느낀 명선기 배우가 어떤 점이 좋았는지를 정확히 말해줬으면 좋겠어."

그녀 말대로 단순한 느낌만으로 납득시킬 수 있는 문제가 아니었다.

모두의 시선이 지호에게 향하자 생각을 정리한 그가 입을 열었다.

"제가 명선기 배우를 보고 반한 건 눈빛 때문이 맞아요. 관객의 시선을 끌어당기는 눈빛이 꼭 알 파치노를 보는 것 같았으니까요."

영화 〈대부〉 오디션에서 무명 신인이었던 알 파치노(Al Pacino) 역시 눈빛 하나로 프란시스 포드 코폴라(Francis Ford Coppola) 감독의 눈에 들었다. 그 당시 영화 편집자 마시아 그리핀(Marcia Griffin)이 '알 파치노는 눈빛으로 여자의 옷을 벗긴다'고 조언했던 일화는 유명하다. 결국 알 파치노는 프란시스 포드 코폴라 감독의 전적인 지지를 받으며 주연에 섭외되고 촬영을 통해 자신의 연기력을 입증했다.

"하지만 오늘 다시 한 번 확신을 가질 수 있었던 것은 두 번의 애드리브 덕분이었습니다. 그는 총을 쏘지 않음으로써 긴장감을 높였고, 배역에 완전히 몰입해 아무도 예상치 못한 연기를 하고 대사를 쳤어요. 그럼에도 어색하지 않고 완벽했죠."

관객을 들었다 놨다 하는 것을 삶의 낙으로 여기는 B급 감수성의 대가 쿠엔틴 타란티노(Quentin Tarantino) 감독의 '총을 뽑되 절대 쏘지 말라'는 말처럼, 선기는 관객을 긴장시키는 법을 아는 배우였다. 총을 쏘는 순간 긴장감도 같이 날아가 버리기 때문이다.

'물론 의도한 건 아니었겠지만.'

지호는 그렇게 판단했다. 그는 각본을 쓸 때 대사를 만들지 않았다. 캐릭터들이 하는 말을 옮겨 적을 뿐이었다. 마찬가지로 선기 또한 그저 영화 속 캐릭터 자체가 되었을 뿐이다.

선기의 연기를 함께 본 이들 역시 어느 정도 수긍할 수 있었다.

"저는 타당하다고 생각해요. 제가 받은 느낌과 일치해요."

마침내 해조가 의견을 피력했다.

"저 역시 그냥 배역만 놓고 봤을 땐 용빈 오빠보다 명선기 배우가 더 잘 어울린다는 생각이 들었습니다."

이로써 결정된 셈이었다.

기철과 보현의 표정이 일순 씁쓸해졌지만, 두 사람은 금세 얼굴색을 회복했다.

"배우들에게도 결과를 전하고 올게."

보현이 자리를 뜨자 기철이 말했다.

"명선기 배우도 잘 소화해 낼 수 있을 거야. 불만은 없다."

*   *   *

"회의 결과 주연 '표중원' 역은 명선기 배우님으로, 조연 '이무성' 역은 조용빈 배우님으로 결정됐습니다."

보현에게 결과를 들은 두 배우는 의외로 담담했다.

용빈이 먼저 선기에게 말했다.

"축하드립니다."

선기가 고개를 숙이며 대답했다.

"감사합니다."

그게 전부였다. 두 사람은 이미 여러 번의 오디션을 경험해 본 배우들이었다. 배우의 삶이란 평생 경쟁에 시달릴 수밖에 없는 길이었다. 그들은 담담하게 결과에 승복했다.

불편한 소식을 전하던 보현도 애써 태연하게 말했다.

"일단 명선기 배우님은 오늘부터 촬영에 들어가실 거고요. 조용빈 배우님은 내일부터 촬영에 합류하시면 될 것 같습니다."

"네, 알겠습니다."

이후 스태프들에게 인사한 용빈이 돌아가고 선기만 남았다. 그러자 지호가 최종 선발된 선기에게 말했다.

"방금 현장 오디션 때 하셨던 애드리브 그대로 갈 생각이에 요. 무술팀과 몇 가지 동작만 더 손발을 맞추고 바로 촬영 들 어가겠습니다."

아무리 선기가 몸치라지만 지호는 웬만하면 대역을 쓰지 않 을 생각이었다. 대신 강우에게 디테일한 주문을 했다.

"배우가 충분히 소화해 낼 수 있도록 액션을 최대한 간략 한 동작들로 짜주세요."

"대역을 쓰지 않으면 볼거리가 줄어들 겁니다."

지호는 고개를 끄덕였다.

"네, 화려하지 않아도 돼요. 단, 잔인해도 좋으니 현실적으로 표현될 수 있게 부탁드려요."

"…알겠습니다. 최대한 난도가 낮은 동작들로 만들어보겠습니다."

강우는 무술감독을 선뜻 맡은 자신을 원망했다. 그야말로 미끼를 문 것이다.

'책임이 클수록 번거로워진다는 걸 왜 몰랐을까?'

순간적으로 그런 의문이 들었지만 이내 긍정적인 성격이 발휘됐다.

"자자! 우리 명선기 배우, 명 배우님! 저희와 같이 제대로 된 액션 씬을 만들어봅시다."

강우는 직접 선기에게 붙어 손발을 맞췄다. 무술팀이 바빠지자 나머지 스태프들은 덩그러니 할 일을 잃어 버렸다.

한편 어느새 지호 곁에 다가온 해조가 말했다.

"대역은 왜 안 쓰려고 하는 거야?"

선기에게서 눈을 떼지 않은 채 지호가 대답했다.

"카메라 움직임을 최대한 줄이려고. 화려한 액션을 포기한 이상 격렬한 카메라 무빙으로 현장감을 살리는 건 큰 의미가 없어."

"그러면?"

"절제된 액션을 선명하게 보여주는 게 중요해. 몇 가지 단순한 동작이라면 몸치 배우라도 소화할 수 있을 거야."

"자칫하면 액션 씬 자체가 잔인해지지 않을까?"

"현실감을 부여하려면 잔인해지겠지."

지호는 부정하지 않고 대답했다.

"하지만 팔레트에 폭력이라는 물감이 섞였다고 해서 내가 그리는 그림 자체가 폭력이 되는 건 아니잖아?"

"폭력적인 매체가 사람들을 자극하는 건 맞잖아."

대답한 해조가 의문을 제기했다.

"내 말은, 학교에 제출할 작품인데 굳이 대역을 안 쓰고 적나라하게 표현할 필요가 있냐는 소리야. 그것도 따로 무술 연기자들까지 섭외해 놓고."

단순히 학생 작품으로 생각한다면 거부감이 들 수 있는 부분이었다. 폭력성을 띠는 장면 자체를 불편하게 여기는 취향의 교수들도 있기 때문이다.

그러나 지호는 누군가의 시선을 겁내지 않았다.

"무술 연기자 섭외는 안전하고 완성도 높은 액션 씬을 만들기 위해 필요한 부분이야. 또 적나라한 표현도 작품 의도와 맞아떨어지고. '복수는 복수를 부르고, 폭력은 연쇄된다'는 경각심을 더 인상 깊이 남길 수 있을 테니까."

해조는 그제야 지호가 추구하는 바를 이해할 수 있었다.

스탠리 큐브릭(Stanley Kubrick) 감독이 〈시계태엽 오렌지〉를 잔인한 성질을 가진 사람들의 찬탄이나 환성을 들으려고 만들지는 않았을 것이다.

"…알겠어."

대답한 해조는 지호의 덤덤한 표정을 살폈다.

'자꾸만 반대 의견이 나오면 지호도 힘들겠지?'

의견 마찰은 자신만의 연출부를 가진 감독이 아니라면 대부분 겪는 문제였다. 아니, 자신만의 연출부를 가진 감독이라도 배우와 마찰을 빗는 경우가 잦았다. 일일이 모두의 동의를 구하려면 진행이 안 되기 때문이다. 따라서 감독은 고집이 필요하며, 많은 이들이 괴팍하다는 소문을 달고 산다. 그녀는, 자신만은 지호의 편이 되어주고 싶었다.

두 시간 후 촬영이 시작됐다.

선기는 그전처럼 훌륭한 연기를 보여주었다. 연기로는 나무랄 데가 없었지만 액션 씬은 달랐다. 강우가 복잡한 관절기 대신 간단한 타격 위주로 동선을 짰고, 합을 이루는 무술 연기자가 센스 있게 손발을 맞췄다.

더불어 지호 역시 절묘한 순간에 즉각적으로 반응해 구도를 옮겼다.

이처럼 여러 사람들이 배려했음에도 불구하고 선기는 액션 씬에서 여러 번 NG를 냈다.

'정말 지독한 몸치네. 몸이 머리를 못 따라가.'

강우는 골머리를 썩어야 했다. 하지만 오기가 생긴 그는 간결하고 인상 깊은 액션 씬을 만드는 데 열을 올렸다.

무술 안무가 완성되자 선기는 방 안, 복도, 계단에서 각각 다른 무술 연기자들과 합을 맞췄다. 밤이 깊어서야 여덟 시간 동안 이루어졌던 촬영이 끝났고, 선기는 물론 스태프들과 무술 연기자들 모두 파김치가 되어버렸다.

질린 얼굴의 민수가 지호 곁에 다가와 말했다.

"네가 제대로 된 무술 연기자들을 섭외해 와서 다행이다. 안 그랬으면 액션 씬을 포기하거나 주인공을 바꿔야 했을 거야."

"맞아요. 그러고도 남을 뻔했네요."

고개를 끄덕이며 동의한 지호가 물었다.

"그래도 연기 하나는 일품이죠?"

"웅! 원석을 발견한 것 같은데?"

민수가 대답한 뒤 기철이 덧붙였다.

"아무래도 네가 맞았던 것 같다. 공들이니까 완성도 높은 장면들이 나오네."

"누구든 장단점이 있게 마련이지만, 용빈이 형이었어도 잘했을 거예요."

지호 말을 들은 기철이 피식 웃었다.

"위로해 주지 않아도 돼. 네 말처럼 배역에 더 어울리는 사람은 명선기 배우였어. 지금 결과가 그 증거고. 나도 모르는 새에 내 자신이 선입견을 가지고 있었나 봐. 너무 이력만 보고 판단했던 것 같다."

"음."

지호는 마땅히 대답할 말이 없었다. 그는 용빈이 배역을 맡았어도 또 다른 스타일로 영화가 탄생하리라고 생각했다. 그저 자신이 봤을 때 선기의 연기가 좀 더 주연 캐릭터에 잘 맞아 보였을 뿐이다. 말하자면 '취향 차이'였다.

'관객 역시 서로 다른 취향을 갖고 있겠지?'

어차피 모두의 취향을 맞출 순 없었다. 사공이 많으면 배가 산으로 가는 법이니까.

다만 편법은 있다. 개성이 뚜렷한 캐릭터들로 하여금 영화를 이끌어 가면 된다. 마차를 이끄는 말들이 튼튼하면 관객이 하차할 틈이 없어질 것이다.

'배우들에게 꼭 맞는 배역만 입혀주면 돼.'

천군만마 같은 배우들이 있으니 두려울 건 없다.

*   *   *

다음 날은 용빈의 촬영이 있는 날이었다.

지호는 학교 편집실에서 밤을 꼬박 새우고 현장으로 나갔다. 그를 발견한 기철이 인사를 건넸다.

"어제 편집실에서 밤샜다며 왜 벌써 나왔어?"

그는 미리 현장에 나와 지휘를 하고 있던 참이었다. 촬영 전에 애로 사항이 없나 확인하고, 장비를 옮기고, 오늘 촬영할 스토리보드를 확인했다.

지호는 현장에 얼려둔 생수를 얼굴에 붓고 나서 대답했다.

"아녜요. 다들 고생하는데 제가 현장을 지켜야죠."

"편집은 촬영 다 끝나고 하지 그래?"

원래 대부분이 그렇게 작업한다. 촬영과 편집을 동시에 하기엔 쉴 틈이 없기 때문이다. 반면 경쟁률이 치열한 워크숍 준비 기간 중에 교내 편집실을 이용해야 하는 지호로선 불가피한 일이었다.

"형도 아시다시피 저 같은 새내기들은 새벽 시간 아니면 워크숍 기간에 교내 편집실 들어가기도 힘들잖아요. 게다가 첫 장편영화라 신경도 많이 쓰이고요. 어차피 전체 편집은 따로 해야 되니 편집실 비어 있는 시간에 틈틈이 이용해서 작업해 두는 편이 저도 속편해요."

"그러다 과로로 쓰러질까 봐 그런다. 조금 빨리 가려다가 더 돌아가게 될 수도 있어. 그리고 선배인 내가 있는데 뭔 상관이야? 내가 쓰는 거라고 하면 되잖아. 그런 건 너무 신경 쓰지 말고 평소 컨디션 관리나 잘해."

기철의 말도 일리가 있었다.

지호는 고개를 살짝 숙였다.

"신경 쓸게요. 걱정해 주셔서 감사해요, 형."

잠시 동안 현장을 지켜보던 그가 조연출 민수에게 시선을 돌리며 물었다.

"선배님, 용빈이 형은요?"

"지금 오고 있대. 차가 좀 막힌다네?"

금일은 자동차 씬이 있는 날이었다. 따라서 용빈이 출근길에 렌터카를 수령해 오기로 했던 것이다.

지호는 고개를 끄덕였다.

"사고 안 나게 조심해서 준비해 주세요."

"주말 학교 앞 도로가 아무리 한적하다고 해도 이건 좀……."

말끝을 흐렸던 민수가 고개를 저으며 덧붙였다.

"휴, 모르겠다! 될 대로 되라지."

지호는 살짝 웃을 뿐이었다. 그는 오늘도 촬영이 성공적으로 끝나길 바랐다.

그리고 잠시 후, 구형 승용차 한 대가 현장으로 들어섰다. 안에서 검은색 정장을 입은 훤칠한 키의 용빈이 내렸다. 확실히 태가 났다.

"흠, 오늘 멋지게 죽어야 하는데."

그는 대뜸 죽는 얘기부터 하더니, 차량 보닛을 두드리며 팀원들에게 인사했다.

"실한 놈으로 빌려왔습니다. 좋은 아침이에요!"

내용상 나오자마자 죽는 역할은 아니었지만, 첫 촬영부터 죽는 씬을 찍는다니. 유난히 밝은 용빈의 모습을 본 스태프들은 어쩐지 숙연해졌다.

"네! 좋은 아침입니다."

지호는 빙긋 웃으며 용빈을 데려갔다. 그는 경찰 제복을 입은 강우와 셋이 모인 상태로 입을 열었다.

"용빈이 형이 차를 몰고 와서 멈출 거예요. 그럼 교통경찰로 위장한 강우 형이 검문을 하시고. 짧은 총격전이 벌어진 뒤 용빈이 형이 쓰러지면, 강우 형은 시체를 차 안에 밀어 넣은 뒤 차량을 탈취해 달아나는 거예요. 백 미터쯤 달리다가 멈추시면 돼요."

설명을 들은 두 사람이 동시에 대답했다.

"알겠습니다!"

"알겠습니다."

긴장한 기색이 역력했다.

지호는 긴장도 풀어줄 겸 화제를 돌렸다.

"아, 그리고 조금 이따가 피 분장을 하셔야 돼요. 얼마나 피를 쏟아야 하는지는 해조가 직접 설명해 줄 거예요."

"피 분장이요?"

용빈이 묻자 지호가 고개를 끄덕였다.

"네. 총격전이 끝난 뒤 형이 쓰러진 모습을 클로즈업할 텐데, 쏟는 혈량을 죽기 직전까지 정확히 맞출 계획이거든요. 한 컵만 더 쏟으면 죽을 정도로."

"그걸 어떻게… 설마 의사한테 직접 물어본 겁니까?"

강우가 질렸다는 표정으로 묻자 지호는 고개를 끄덕였다.

"하하… 네. 뭐든 정확하면 좋으니까요."

"아니, 무술 연기도 그렇고… 정말이지 병적으로 완벽한 걸 추구하시네요. 하하하."

"후, 잘해야겠네요."

용빈은 더욱 긴장하는 눈치였다.

오히려 역효과가 나자 민망해진 지호는 현장을 보며 두 사람에게 말했다.

"그럼 바로 촬영 들어가죠."

*　　　　*　　　　*

용빈은 운전석에, 지호는 조수석에 탔다.

지호는 옆에서 용빈의 옆모습을 카메라에 담았다.

그다음, 내려서 차량이 움직이는 모습을 찍었다.

끼이익— 차가 정지했다. 교통경찰로 위장한 강우가 차를 세운 것이다. 그는 등 뒤로 권총을 숨긴 채 창문에 대고 무어라 말했다. 순간, 탕 탕 탕! 세 발의 총성이 울려 퍼졌다.

지호는 카메라를 들고 사건 현장을 보여주는 카메라맨처럼 다가갔다. 목과 가슴에 총알을 맞은 용빈이 문짝에 기대어 피를 철철 흘리고 있었다.

강우가 주변을 두리번거리며 용빈을 보조석까지 깊숙이 밀어 넣은 뒤 운전석에 탑승했다.

그때 지호가 말했다.

"오케이, 컷!"

그는 카메라를 내리고 운전석 창문에 붙어 강우에게 말했다.

"이제부터 100미터 정도 전력 질주를 하는 거예요. 중간에 신호등에선 녹색 불에 맞춰서 가야 합니다."

보조석에 피 칠갑을 하고 있던 용빈이 깜짝 놀라며 물었다.

"녹색 불이요? 잠깐이라도 차량 통제 안 해요?"

"하긴 했죠. 저쪽만."

살짝 웃은 지호가 학교 정문을 가리켰다. 멀찍이 촬영 중이라는 팻말을 세워 학교에서 나오는 차량에 한해 한 차선만 통제를 해놓은 상태였다.

그러나 반대쪽은 함부로 통제할 수 없었다. 시청이나 구청의 협조를 받을 수 없었기 때문이다.

황당한 표정의 두 배우를 보며 지호가 덧붙였다.

"신호만 받으면 얼마든 가셔도 좋아요."

강우는 하는 수 없이 고개를 끄덕였다.

"학교 앞이라 그런지 차량이 지나다니지 않아 다행이네요. 타이밍만 잘 맞추면 문제없겠어요."

"네, 하지만 너무 무리하진 마세요. 신호 때문에 멈추더라도 편집으로 만질 수 있으니까요. 안전에 유의해 주세요."

"이래 봬도 스턴트 훈련까지 받은 무술 연기잡니다. 안전하게 진행할게요!"

자신이 활약할 순간이 오자 강우는 자신만만해 보였다.

고개를 끄덕인 지호가 용빈에게도 말했다.

"형도 안전벨트 꼭 착용하시고요."

그렇게 말한 지호는 카메라가 운전자 쪽으로 향하게끔 핸들 앞쪽에 고정시켰다. 뿐만 아니라 타이어 공기압까지 체크했다.

그 모습을 보며 곁에 다가온 기철이 물었다.

"지금 뭐하는 거야?"

"타이어 공기압을 줄이고 촬영속도를 높이면 달릴 때 자동차 진동으로 발생하는 흔들림을 좀 줄일 수 있거든요."

"그런 건 또 어디서 배워왔어?"

지호는 머쓱하게 대답했다.

"책에서 배웠죠, 뭐."

그뿐이 아니었다.

지호는 능숙하게 해조와 보현에게도 일러뒀다.

"혹시 모르니까 50미터 전방의 신호등과 100미터 전방 종착지에서 신호를 주세요. 보행자가 있다면 촬영이 진행되는 1, 2분 정도만 통제해 주시고요."

두 사람은 고개를 끄덕이고 자리를 떴다.

지호는 마지막으로 가방에서 카메라 한 대를 더 꺼내며 기철에게 건넸다.

"50미터 지점에서 차량이 이동하는 모습을 담아주세요. 줌(Zoom)을 활용해 주시면 감사하겠습니다!"

"오케이."

기철이 카메라를 받아서 50미터 지점 앞으로 출발했다.

이내 모든 준비가 끝나자 상황을 지켜보고 있던 조연출 민수가 모두에게 알렸다.

"다들 준비되셨으면 바로 촬영 들어가겠습니다!"

지호는 카메라를 들고 자세를 낮추며 싸인을 보냈다.

"롤."

강우가 긴장한 표정으로 브레이크에서 발을 뗐다.

차량이 슬슬 움직이기 시작하자 지호가 크게 외쳤다.

"액션!"

동시에 강우가 액셀을 세게 밟았다.

부아아앙!

두 배우가 탄 차량이 튀어나갔다.

차량이 단숨에 50미터를 주파하고 신호등에 접근한 순간 신호가 주황 불에 잠시 멈추다 빨간 불로 바뀌었다. 그러자 강우는 급브레이크를 밟기보다 통제된 횡단보도를 빠르게 통과해 차량을 천천히 세웠다. 등줄기로 식은땀이 흘렀다.

용빈은 보조석 안전 바를 잡은 상태로 입을 쩍 벌리고 있었다.

"와, 속력이… 진짜 아찔하네요."

마음을 진정시킨 강우는 창밖으로 얼굴을 내밀며 스태프들에게 소리쳤다.

"휴… 신호 위반 제대로 할 뻔했네! 완전 스릴 넘쳤어요! 하하하!"

아무리 스릴을 즐겨도 그렇지, 하마터면 위험천만한 상황이 발생할 수 있었다. 우측 차선에서 화물 차량이 진입하고 있었기 때문이다.

가슴을 쓸어내린 지호는 고개를 절레절레 저었다.

'휴, 사고 나는 줄 알았네.'

또 한 가지 깨달음을 얻었다. 여의치 않은 상황에서 욕심을 앞세울 때 사고가 발생할 수 있다는 사실.

그는 50미터 지점에 세워진 차량 앞까지 다가가 배우들의 안전을 재확인했다.

"다들 괜찮아요?"

"네, 이상 없습니다!"

하얗게 질린 얼굴로 대답한 용빈이 짤막하게 덧붙였다.

"이러다 골로 가는 건 시간문제다, 잠깐 느낀 정도?"

반면 강우는 천진난만하게 웃었다.

"카 액션(Car—Action)은 아직 제대로 해본 적이 없었는데, 역시 실전은 다르군요. 정말 재미있는 경험이었습니다!"

"후. 연기에 즐겁게 임하는 건 좋은 일이지만, 안전이 더더욱 중요하다는 사실은 잊지 마세요! 형이 없으면 우리 무술감독도 없으니까."

지호가 걱정스레 말하자, 한껏 들떠 있던 강우가 머쓱한 표정을 지었다.

"넵! 명심할게요."

고개를 끄덕인 지호는 곁에 다가온 기철에게 물었다.

"형, 어떻게 나왔어요?"

기철은 세 사람을 번갈아 보더니 미소를 띠고 대답했다.

"배우들이 열심히 해준 덕분에 이 장면은 여러 번 촬영하지 않아도 될 것 같다."

"휴, 다행이네요."

지호가 안도의 한숨을 내쉬고 있을 때, 차 안에 있던 용빈이 불쑥 물었다.

"근데 강우 씨한테 잡히기 전에, 저 혼자 운전하는 장면은 언제 찍죠? 대본을 보면 가족과 통화하는 부분도 있던데."

"그건 세트장으로 옮겨서 찍을 겁니다."

빙그레 웃은 지호가 말을 이었다.

"회심의 아이디어가 기다리고 있으니 기대하셔도 좋아요."

렌터카 내부의 핏자국을 깨끗이 닦고 반납하는 등 뒷정리를 마친 연출팀과 배우들은 교내 세트장으로 갔다.

그곳에는 팀원들이 며칠 밤을 새우며 준비해 둔 스크린과 자동차 모형이 있었다.

"꼭 옛날 영화 촬영 방식을 보는 것 같네."

용빈은 입을 반쯤 벌리고 중얼거렸다. 스크린 영상으로 배경을 만들고, 조명을 쏴서 모형 차가 달리고 있는 것처럼 보이게 만드는 방식이 떠오른 것이다.

강우도 덩달아 물었다.

"요즘 같은 세상에, 이건 너무 어설퍼 보이지 않을까요?"

그에 고개를 저은 지호가 대답했다.

"세트만 보면 오해하실 수도 있지만 그때랑은 좀 달라요. 배경에 CG를 입힐 생각입니다."

"오!"

강우가 무릎을 탁 쳤다.

"뭔가 참신한데요? 하긴, 도로 통제가 불가능한 상황에서 장거리로 달리는 모습을 촬영할 수도 없는 노릇이니까."

반면 용빈의 의견은 조금 달랐다.

"롱테이크는 힘들겠지만 일단 여러 컷으로 나눠서 이어 붙이는 건 가능하지 않나요?"

"맞아요, 가능해요. 하지만 이번 장면은 반드시 롱테이크로 촬영해야 합니다."

지호는 확고하게 대답했다. 혹시라도 가족들이 보복 대상이 될까 봐 두려워하는 장면이었기 때문이다.

"이 부분에선 감정선이 끊기면 안 돼요."

"음, 알겠습니다."

용빈은 적잖게 부담이 되는지 구석에 놓인 의자에 앉아 대본을 펼쳤다.

그 뒷모습을 보던 지호는 팀원들에게 당부했다.

"여러분! 지금부터 촬영 시작 전까진 아무도 조용빈 배우한테 말 걸지 말아주세요."

"네! 알겠습니다."

"오케이!"

이미 지호의 세심함과 선견지명에 여러 차례 놀랐던 팀원들은 별 의심 없이 수긍했다. 단순히 집중에 방해가 될까 봐 내린 조치라고 여긴 것이다. 그러나 단 한 사람, 기철만은 달리 생각하고 있었다. 그는 자신의 생각이 맞는지 확인하기 위해 물었다.

"왜 그런 지시를 내린 거야?"

지호가 대수롭지 않게 대답했다.

"용빈이 형 캐릭터 자체가 가족을 잃을까 봐 전전긍긍하는 상황이잖아요. 그렇다고 자신의 신분이나 임무를 솔직히 밝힐 수도 없고요. 절망적이고 고독한 느낌을 주려면 배우부터가 그런 분위기 속에 잠겨 있어야 하지 않을까요?"

'역시. 유나 때도 느꼈지만 굉장히 섬세한 연기 연출을 한단 말이야.'

내심 생각한 기철은 화제를 돌렸다.

"성진이라고 했나? 네 룸메이트는 정말 믿을 만한 거야? 매번 그려주는 스토리보드를 보면 그림 실력은 나무랄 데가 없는 것 같지만… CG는 또 다른 문제니까. CG가 어색하면 큰일이야."

"음, 글쎄요."

지호는 '그렇다'고 확실하게 말하지 못했다. 그 자신도 성진의 CG기술이 어느 정도인지 보지 못했기 때문이다. 다만 현재의 예산과 일정으로 액션 멜로 영화를 찍고, 작품의 완성도를 높이기 위해선 어차피 CG가 버무려져야만 한다.

"성진이의 실력이 좋다고 장담할 순 없지만, 전 유명한 CG기술자보다 그 녀석을 믿어요. 구성원이 결정된 이상 서로가 서로를 믿고 가야 하는 거니까요. 꼭 성진이가 아니더라도, 우리 중 아무나 한 명만 삐끗하면 우리 영화는 구렁텅이로 빠져 버리는 건 시간문제예요."

"하긴. 이미 바다 한가운데를 항해 중인 배에서 뛰어내릴 순 없지."

심심한 대화를 뒤로 하고 얼마 후 촬영이 시작됐다.

용빈을 연습 시간 내내 혼자 방치해 둔 것이 효과가 있었는지 그는 훌륭한 연기를 선보였다. 차 안에서 통화하는 내내 불안한 눈빛으로 핸들을 두드리며, 보고 있는 이들을 안쓰러운 감정으로 얼룩지게 만들었다. 그리고 촬영이 끝났을 땐 스태프들이 일제히 박수갈채를 보냈다.

*   *   *

오디션 때 놀라운 연기력을 보여줬던 유나, 그리고 조단역으로 참여하게 된 지원은 각각 선기와 용빈의 아내 역할을 맡아 열연을 펼쳤다.

비록 분량은 짧았지만 그녀들과의 짧고 인상 깊은 멜로 덕분에 첩보원들의 고뇌가 더욱 빛을 발할 수 있었다.

편집실에서 1차 편집을 끝낸 지호는 곁에 앉아 있는 기철을 보았다.

"형, 어때요?"

촬영이 끝날 때마다 그때그때 편집을 해두었지만 어디까지나 본격적인 편집을 위한 밑 작업이었을 뿐, 제대로 된 편집은 촬영을 모두 끝낸 지금부터였다.

잠시 뜸 들이며 생각을 정리한 기철이 대답했다.

"멜로, 액션이 유치하지 않게 잘 어우러지긴 했는데, 너무 판타지적 요소가 적긴 하다. 주연급 조연들이 퍽퍽 죽어나가는 것도 작품의 장점이자 단점인 것 같고."

"전 총알이 주인공만 피해가는 영화를 볼 때마다 만화영화 같아서 긴장감이 없다고 생각했었거든요. 그래서 첩보 영화도 〈007〉이나 〈본〉 시리즈보단 존 르 카레(John Le Carre)의 작품을 선호하고요."

"하지만 대중은 〈007〉이나 〈본〉 시리즈를 더 선호했지. 흥행 성적도 훨씬 좋았고."

"괜찮아요. 우리 영화도 복잡하고 지루한 공작원의 임무를 다루기보단 현장 요원 위주의 이야기인 걸요."

지호의 태연한 대답에 기철이 고개를 끄덕였다.

"하긴. 우리 영화는 실질적인 액션 씬보다도, 〈대부〉에서처럼 싸우지 않고 긴장감을 조성하는 게 장점이지."

"하하. 아무리 팔은 안으로 굽는다지만 너무 전설적인 영화를 거론하시는 거 아녜요?"

말은 그렇게 하면서도 지호는 자신이 있었다. 만약 자신이 없었다면 너스레를 떨지 못했을 터였다. 엄연히 장르가 다르기에 〈대부〉와 비교할 순 없겠지만, 마무리만 잘한다면 충분히 걸출한 첩보 영화 한 편이 탄생하리라고 믿었다.

"어렸을 때 〈쉬리〉나 〈공동경비구역 JSA〉 정말 재밌게 봤는데. 첩보 영화가 탄생할 수 있는 완벽한 환경을 갖춘 나라에서 왜 이렇게 첩보물이 안 나오는지 모르겠어요."

기철 역시 첩보물을 좋아하기에 아쉬운 부분이었다.

"우리와 같은 생각을 하는 사람들이 많을 거야. 소재는 충분히 좋다. 학생 작품이라고 해서 어설프지도 않고. 영화제에 출품해도 충분히 좋은 성적을 거둘 수 있을 거야."

"네. 2차 편집과 CG 입히는 최종 편집만 남았으니 한번 잘 만져봐야죠."

"편집은 걱정 안 해."

미소 지은 기철이 지호의 어깨를 두드리고 편집실을 먼저 나갔다.

　지호는 자리에 남아 다시 한 번 편집 영상을 돌려보았다. 단편과 장편은 촬영 분량 자체가 다르기 때문에 모든 순간을 섬광 기억으로 찍어두는 데에는 한계가 있었다. 따라서 1차 편집본을 돌려보며 빠뜨린 부분이 있는지 재점검하는 것이다.

　'단편과 장편은 다르다. 장편이 지루하지 않으려면 씬마다 어울리는 다양한 편집 기술들이 필요해.'

　모니터를 빤히 바라보던 지호는 자신의 감각에 의지해 2차 편집을 시작했다.

　때로는 연속 편집 기술을 통해 영화의 이음매를 부드럽게 감췄고, 때로는 불연속 편집으로 숏들의 이음매를 의도적으로 드러내어 관객의 자각을 유도했다.

　영화는 편집의 예술이다. 지호는 대범하고 감각적인 편집을 통해 자유자재로 시공간을 주물렀다. 115분 동안의 세상을 창조하는 크리에이터(Creator)가 된 기분은 짜릿했다.

　　　　　　*　　　　　*　　　　　*

　영화 〈부산〉의 2차 편집이 끝났을 즈음 학교 여름방학이 시작됐다.

지호는 성진에게 파일을 넘겼다.

영상을 띄엄띄엄 훑어본 성진이 말했다.

"장난 아닌데?"

"그래?"

"음! CG 없이도 전혀 어색하지가 않아!"

성진은 은근슬쩍 귀찮은 일을 덜어 내려고 했다.

그러나 그대로 넘어가 줄 지호가 아니었다.

"안 그래도 내가 널 위해 CG 입힐 부분을 좀 체크해 놨지."

성진의 옆에 앉은 지호가 동영상을 되감더니 처음부터 돌렸다. 그는 성진에게 시간별로 자동차 씬, 액션 씬 몇 개를 보여주고는 어깨를 두드렸다.

"CG라고 전혀 느껴지지 않을 정도로 아주 자연스럽게 부탁한다, 친구."

"휴……!"

한숨을 푹 내쉰 성진이 소매를 걷어 올리며 말했다.

"좋아. 하지만 그 정말 그 정도의 리얼리티를 원한다면 시간을 넉넉하게 줘야 돼. 나도 CG기술을 제대로 익힌 지 얼마 안 됐기 때문이지."

"여름방학 끝날 때까지! 이 정도면 충분해?"

지호의 시원시원한 대답에 성진이 눈을 휘둥그레 떴다.

"에? 그렇게 시간이 많다고?"

"당연하지. 1학년 워크숍에 낼 작품이니까."

"알고는 있었지만 이런 영화를 정말 교내 워크숍에 낼 생각이란 말인가?"

성진은 고개를 절레절레 저으며 말을 이었다.

"이건 영화제 감이야. 워크숍에서 첫선을 보일 수는 없어."

그는 어느새 자신의 영화인 것처럼 감정이입을 하고 있었다.

지호는 피식 웃었다.

"그건 좀 더 생각해 보자고."

말은 그렇게 했지만 그는 내심 생각해 둔 바가 있었다. 매년 워크숍에 최우수 작품으로 선정될 경우 외부 활동이 가능해진다. 각종 영화제에 참여할 자격이 생기는 것이다.

'이번 작품도 좋은 성적을 거뒀으면 좋겠다.'

내심 바란 지호가 노트북을 켠 순간, 메일 알람이 떴다. 그는 메일함을 확인했다.

'한국예술대학교 연출과에서 알립니다'라는 제목의 메일 한 통이 와 있었다.

'설마?'

그러고 보니 NFTS 최종 결과가 나올 시기였다.

"야, 성진아. 드디어 왔다!"

눈치가 둔한 성진이 동영상에 시선을 고정한 채 고개를 갸

우뚱했다.

"뭐가?"

"NFTS 결과."

짧은 한마디에 성진의 고개가 휙 돌아갔다.

"진짜? 오오! 같이 확인하자!"

바짝 붙어 앉은 채 지호가 뜸을 들였다.

"클릭한다… 클릭할까?"

"장난치지 말고 빨리 클릭해."

성진이 궁서체로 대답했다.

피식 웃은 지호가 제목을 클릭했다.

신지호 학생은 한국예술대학교—NFTS 교환학생으로 선발되었음을 알립니다. 합격을 축하합니다. 담당 교수 양동휴 연출과 학과장의 안내를 받아 지정된 날짜까지 서류 구비 및 기타 준비 사항을 마치시기 바랍니다.

한국예술대학교 연출과 사무실

TEL : 02)xxx—xxxx

성진이 입을 떡하니 벌린 채 갑자기 소리를 질렀다.

"우와! 대박! 진짜 크리스토퍼 놀란 감독이 와서 강연을 한다던 그 전설의 학교로 가는 거냐?"

"하하!"

지호도 기쁘게 웃었지만 오히려 그는 침착해 보였다.

"아직은 좀 떨떠름하네. 믿기지도 않고."

순간 지이잉— 문자가 도착했다.

메일과 같은 내용이었다.

확인한 지호가 말했다.

"지금 막 보낸 따끈따끈한 소식이었어."

"내 룸메이트가 국가 대표로 영국에 간다니 너무 뿌듯하고 자랑스럽다."

성진은 새삼스럽게 악수를 청했다.

평소답지 않은 그를 보며 지호는 고개를 갸웃했다.

'왜 이렇게까지?'

얼떨결에 손을 맞잡자 성진이 와락 안기며 외쳤다.

"크흑, 날 잊지 말라고! 그리고 몇 가지 부탁이 있다."

지호는 피식 웃었다.

'네가 그럼 그렇지.'

그가 물었다.

"뭔데?"

"'반지의 제왕' 아르웬이랑 '해리포터'의 헤르미온느 실사 피규어를 부탁한다! 아, 실제 크기 모형으로. 내가 해외 직구를 다 찾아봤지만 모조리 품절이었어!"

"…미안하다."

지호는 진지하게 대답했다.

"차라리 조앤 롤링(Joan Rowling)과 함께 저녁 먹고 인증 샷을 찍어달라고 해."

Chapter 2
영국행 비행기에서

2학기가 되자 지호는 장편영화 촬영과 편집을 마무리 짓고, NFTS 교환학생을 위한 절차까지 모두 마쳤다.

기철에게 약속한 시나리오를 써주는 것도 잊지 않았다. 더불어 촬영 현장에도 몇 차례 놀러가 그가 촬영하는 방식을 면밀히 관찰했다.

메인으로 연출을 맡게 된 기철은 서브 역할을 할 때와는 달리 강한 카리스마를 발휘했다. 자칫 독단적으로 보일 수 있다는 점을 제외하면 꽤나 효과적인 방법이었다.

분명 배울 점도 있었지만 아쉽게도 지호의 스타일은 아니었다.

그렇게 2학기 중반쯤이 되자 학생들은 팀별로 워크숍 작품을 제출했다.

양동휴 학과장을 비롯한 연출과 교수진들은 학생들이 제출한 워크숍 작품들을 심사하고 있었다.

자체 심사가 끝나면 학년별 최우수 작품을 워크숍 개막작과 폐막작으로 선정한다.

개막작은 1, 2학년 작품. 폐막작은 3학년 작품과 4학년 졸업 작품이다.

지호 작품 〈부산〉의 엔딩 크레디트가 올라가자 턱을 괴고 있던 교수가 말했다.

"1학년 작품은 뭐, 고민할 필요도 없겠군요. 이 작품이 출품작 중 유일한 장편이기도 하고요."

잇따라 다른 교수들도 한마디씩 거들었다.

"장편이 지루하면 워크숍 개막작으로 걸기도 너무 길고 단편만 못한데, 이건 시간이 무색합니다. 보는 내내 영화가 끝나지 않았으면 좋겠단 생각이 들었으니까요."

"예산이 어디서 나서 이런 작품을 만들었지?"

"미쟝센 영화제 최우수를 받은 학생이 입학했을 때부터 올해 1학년들은 좀 억울한 상황이었죠. 대충 예상했던 결과긴 한데 상상했던 것, 그 이상이에요."

"취향을 떠나 영화 자체에 흠잡을 구석이 없어요. 우리보고 만들라고 하면 이렇게 만들 수 있나?"

극찬이 이어지자 흐뭇한 미소를 지은 양동휴 교수가 입을 열었다.

"지호 학생을 우리 학교로 스카우트했던 저조차도 매번 놀라움을 금치 못하곤 합니다. 아무도 이견이 없으시다면 〈부산〉을 첫 번째 개막작으로 올리도록 하겠습니다."

"그렇게 하시죠."

교수들이 저마다 동의했다.

빙그레 웃은 양동휴 교수는 공란인 영화제 일정표에 '부산'이라는 작품 제목을 적고 나서 말을 이었다.

"자, 그럼 다음 작품은……."

                    *   *   *

한국예술대학교 워크숍은 2학기 말 충무로에 위치한 '아트 시어터(Art theater)'영화관을 대관해 개최됐다.

학교 이름값이 있기 때문인지 영화인이라고 부를 수 있는 직업군의 전문가들과 마니아층 관객들로 바글바글 붐볐다. 표는 진즉 매진됐으며 상영관 앞에는 입장객들이 길게 줄을 서 있었다.

청바지 안에 흰 셔츠를 넣어 입은 말끔한 차림의 지호 역시

원피스를 예쁘게 차려입은 해조와 함께 워크숍이 진행되는 아트 시어터에 도착했다.

영화관 안에는 만나기로 미리 약속돼 있던 기철, 민수, 보현, 성진이 기다리고 있었다. 두 사람을 발견한 민수가 손을 흔들며 고개를 갸웃했다.

"지호는 무대 인사해야 되니 그렇다 치고, 해조는 왜 저렇게 차려입었지? 원래 저런 스타일이었어?"

기철은 곰곰이 생각하는 표정으로 중얼거렸다.

"지호를 보는 시선이 심상치 않다고 느끼긴 했는데… 역시 그런 거였군."

"에이, 무슨."

보현은 설마 하는 표정이었다.

한편 성진은 말이 없었다. 그는 전보다 무려 5㎏나 빠진 상태였다. 촌스러운 붉은 야자수 카라 티를 차려입은 그의 머릿속엔 오직 한 가지 생각뿐이었다.

'그때 촬영장에선 정신없어서 인사밖에 못 나눴었는데… 오늘은 기필코 데이트 신청을 할 테다! 나의 유나 양……!'

그들이 동상이몽에 잠긴 동안 가까이 다가온 두 사람은 아무런 내색 않고 평소처럼 굴었다.

"여기 영화표 받으세요."

지호는 영화표를 배부했다. 줄을 서지 않아도 되는 VIP좌석의 입장권이었다.

영화표를 받은 해조가 그에게 물었다.

"넌 바로 대기실로 가야 되지?"

"응, 배우들이랑 무대 인사 올려야 하니까."

지호는 나머지 팀원들에게도 인사를 했다.

"이따 끝나고 봬요."

잠시 이별을 고한 그는 관계자 대기실로 갔다.

선기, 용빈, 유나, 지원이 반갑게 인사를 건넸다.

네 명의 배우들에게 환대를 받은 지호가 답례하며 말했다.

"드디어 상영 날이네요. 작품이 공개되기 전까지 몇 달 동안 몸이 아주 근질근질해서 혼났어요."

잠시 후 대기실 문틈으로 고개를 내민 진행 요원이 말했다.

"감독님과 배우 분들 준비되셨으면 바로 무대 인사 들어갈게요."

"네!"

힘차게 대답한 지호와 배우들은 줄줄이 복도를 지나 상영관 안으로 들어섰다.

맨 앞줄에 연출팀이 앉아 있었다. 그 뒤로는 전문지 칼럼니스트, 영화 평론가, 한국예술대학교 출신의 일부 영화감독들, 배우들, 초청 관객들이 상영관을 빈자리 없이 가득 채웠다.

사회자는 유명 영화 평론가 이상진이었다.

"지금부터 〈부산〉 인터뷰를 시작하겠습니다. 우선 여기 단상에 계시는 분들을 간단히 소개하겠습니다. 맨 왼쪽부터 명선기 배우, 조용빈 배우. 정중앙에 계신 분은 신지호 감독님. 그 옆은 최유나 배우, 강지원 배우입니다."

칼럼리스트들이 메모지를 꺼내 칼럼을 쓸 때 필요한 점들을 기록했다. 대개 배우들의 첫인상에 관한 것들이었다.

평론가 이상진은 개의치 않고 인터뷰를 이어나갔다.

"아직 영화를 보기 전이라 질문이 제한되는데요. 먼저 감독님께 묻겠습니다. 〈부산〉은 워크숍 작품 중 유일한 장편입니다. 특별히 장편을 계획하신 이유가 있나요?"

잠시 생각을 정리한 지호가 마이크에 입을 가져가며 대답했다.

"영화 안에서 최대한 다양한 시도를 해보고 싶었습니다. 단편으로 만들기에는 조금 무거운 주제를 다루기도 했고요."

"지금은 촬영이 모두 끝나고 상영을 앞두고 있는데요. 영화 안에 감독님이 전하고자 했던 메시지들을 충분히 담아냈다고 생각하십니까?"

질문을 받은 지호는 슬그머니 미소를 띠었다.

"네, 나름대로 만족스러운 결과를 얻었다고 생각합니다."

"장편이기 때문에 단편에 비해 훨씬 많은 제작 예산이 들었을 것 같습니다. 실례가 안 된다면 예산을 어떻게 마련하셨는지 여쭤봐도 될까요?"

"네, 일단 초반부터 최대한 제작 예산을 줄이고 시작했고
요. 예전에 영화제에서 받았던 상금 일부와 그동안 모아둔 자
금을 모두 쏟아부었습니다."

"오로지 자신이 갖고 있는 자금으로만 영화를 만들었다는
건데. 그렇다면 초저예산 영화라고 봐도 되나요?"

"그렇습니다. 총제작비는 700만 원 정도 들었습니다."

"허… 한국 장편영화의 편당 평균 제작비가 22억 원임을 감
안하면 아무리 학생 작품이라고 해도 상당히 놀라운 일입니
다. 그럼, 기대해 보겠습니다."

지호의 인터뷰를 마친 이상진은 배우들에게도 차례차례 짧
은 인터뷰를 진행한 후, 무대 인사를 마무리 지었다.

"…관객 여러분들께서는 이제 즐거운 마음으로 영화를 감
상해 주시면 될 것 같습니다. 지금까지 영화 〈부산〉의 감독님
및 배우들의 인터뷰였습니다. 감사합니다."

이상진을 비롯해 지호와 배우들이 퇴장하고 상영관의 불이
꺼졌다.

이내 영화 〈부산〉이 시작되었다. 115분 동안의 러닝타임 동
안 관객들은 홀린 것 같은 얼굴로 스크린에 몰두했다. 영화가
끝나고 엔딩 크레디트가 올라갈 때에도 자리를 뜨는 관객은
거의 없었다. 그들은 대부분 침묵에 사로잡혔다. 여운이 긴

영화였다.

대기실에 함께 앉아 있던 이상진이 지호에게 대뜸 말을 붙였다.

"워크숍 진행을 맡은 후로 필요에 의해 상영작들을 모두 봤습니다. 그중 〈부산〉은 가장 생각할 거리가 많은 영화였습니다."

한눈에 봐도 침착한 사람이었다.

살짝 미소 띤 지호가 대답했다.

"하하, 네. 감사합니다."

"집중할 수밖에 없었습니다. 화려한 액션은 없지만 팽팽한 긴장감이 있었어요. 무섭게 몰입시키더군요. '피가 피를 부르고, 복수가 복수를 부르는 비극'은 가슴이 아팠습니다. 너무 현실적이어서요. 남의 나라 얘기가 아닌 한민족 간의 상잔이 더욱 참혹하게 느껴졌습니다."

이상진이 한 말은 상영관 안, 관객들의 입장을 대변하고 있었다.

지호는 겸손하게 대답했다.

"관심을 기울여 주셔서 감사합니다."

고개를 저은 이상진이 의미심장하게 웃었다.

"대단한 신인 감독의 탄생입니다. 감독님도 아마 오늘부터 좀 시달리게 될 거예요. 영화가 끝났으니 이제 곧 대기실 밖에 관계자들이 줄을 서겠죠. 주목받는 게 싫다면 빈틈을 타서 도망가는 게 좋을 겁니다."

"하하, 설마요."

그러나 예언은 적중했다.

잠시 후 문을 열기 무섭게 인터뷰 요청이 쏟아졌다.

뿐만 아니라 투자자들이며 선배 감독들은 서로 명함을 건네며 한마디씩 던졌다.

"우리 연출부에는 자네 같은 사람이 필요해. 우리 사무실에 한번 찾아오게. 이 바닥에서 성공하려면 어떤 줄을 잡느냐가 중요해."

"영화 잘 봤습니다. 이쪽으로 연락 주시면 좋은 투자자들을 소개해 주겠습니다. 각본을 쓰든 연출을 하든, 저희와 함께 작품 하나 하시죠."

"우리 회사는 감독님께 좋은 각본과 비용을 지불할 의향이 있습니다. 신인 감독들에게도 좋은 조건을 제공하고 있으니, 잠깐이라도 시간 한번 내주시죠."

"한국예술대학교와도 좋은 관계를 유지하고 있으니 이후에도 다양한 작품 활동을 하실 수 있도록 최대한 지원하겠습니다. 뿐만 아니라 프로덕션에 소속하시면 해외 영화제 경비 등 전폭적인 지원까지 해드리겠습니다."

지호는 정신이 혼미해질 정도였다. 이런 반응까진 생각지도 못했던 것이다.

'그저 학교 워크숍일 뿐인데…….'

그제야 한국예술대학교 워크숍은 웬만한 영화제 수준의 파급력을 가지고 있다는 사실을 체감했다.

지호는 정신없이 넘겨받은 명함들을 고스란히 자신의 지갑 안에 넣었다.

　　　　＊　　　　　＊　　　　　＊

〈부산〉의 영화평은 양극으로 갈렸다.

먼저 '폭력이 부르는 악순환의 고리를 중립적인 입장에서 그려냈다', '지독하게 숨 막히면서도 집중하게 만드는 힘이 있다', '인간에 대한 진지한 성찰이 묻어나는 작품, 다큐멘터리처럼 사실적인 첩보 영화'라는 등의 호평이 있었다.

반면 일부 관객들은 '지루하고 난해하다', '폭력의 순환이라는 간단한 주제를 너무 복잡하게 꼬아낸 영화', '전반적으로 고루하고 트렌디하지 않다', '보고 난 뒤 마음이 무겁고 찝찝하다'는 등의 비평을 내놓기도 했다.

이처럼 호불호가 갈렸지만 영화 자체가 인상적이었다는 결론에는 이견이 없었다. 깊은 인상을 남기고 많은 이들의 입방아에 오르내린 만큼 파장도 컸다.

한국예술대학교 워크숍이 끝난 뒤 다른 작품들은 잊히고 오직 〈부산〉만 수면 위로 떠올랐다.

뛰어난 연기를 보여준 배우들에게 잇따른 인터뷰 요청이 들어왔다. 배우 소속사들 역시 발 빠르게 움직이며 하나같이 무명에 신인인 그들에게 러브콜을 보냈다. 〈부산〉이란 영화 한 편으로 원석이 쏟아져 나온 것이다.

〈부산〉에 관련된 것들은 아직 상업 영화계나 언론 등 표면적인 매체를 통해 알려지진 않았지만, 물 밑에선 이미 화젯거리로 떠오르고 있었다. 영화 전문지 〈시네마24〉를 읽던 CYN 엔터테인먼트 대표 최태식은 껄껄껄 호탕한 웃음을 터뜨렸다.

"내 이럴 줄 알았다니까!"

그는 이제 배우 시장에 뛰어든 후발 주자로서, 신인 배우들에게 지대한 관심을 갖고 있었다.

따라서 막 업무 보고를 마치고 맞은편에 앉아 있는 전략기획실장에게 말했다.

"유나를 제외하고, 여기 나와 있는 배우들을 한 번 찾아보게."

전략기획실장은 건네받은 잡지를 읽더니 물었다.

"그렇잖아도 요즘 유명한 아이들이라 주시하고 있었습니다. 어라? 여기에 출연한 주연 여배우가 혹시 대표님의 따님 아니에요?"

"후후후! 그렇네."

최태식은 턱을 치켜들며 흐뭇하게 말을 이었다.

"〈부산〉에서 열연을 펼쳤지. 천사같이 예쁜 녀석이야. 안 그래도 지금 난리가 났다던데?"

"다른 업체들에서도 잔뜩 애달아 있습니다."

"하하핫!"

시원하게 웃은 최태식이 고개를 끄덕였다.

"크하하하! 내 딸인 걸 알면 다들 엄두도 못 낼 게야. 뿐만 아니라 나머지 배우들도 우리가 전부 싹 다 데려와야겠네!"

"예에?"

"다 비장의 카드가 있지. 후후! 유나를 통해서 접근하는 것도 좋겠지만, 그전에 신지호 감독을 우리 편으로 만들게."

"예? 신지호 감독을요?"

"그래, 고 녀석을 잡아야 해."

고개를 끄덕인 최태식이 빙그레 웃었다.

"〈부산〉의 배우들 전부 신인이야. 신지호 감독 덕분에 이름을 알리게 된 셈이지. 아마 신지호 감독의 말이라면 천길 불속이라도 뛰어들 걸세. 그만한 의리가 없는 배우라면, 우리 쪽에서 나설 필요도 없겠지만. 어차피 한예대 배우들은 졸업 전까지 외부 활동도 못 하니 슬슬 밑밥부터 깔아두게."

한편 지호는 NFTS 교환학생을 앞두고 헤이리에 가 있었다.

오랜만에 식구들과 한 식탁에 둘러앉은 그는 모처럼 해맑은 웃음을 지었다.

마음이 편안했다.

화기애애한 분위기 속에서 서재현이 입을 열었다.

"NFTS라니. 영화인으로서 더할 나위 없이 좋은 기회다. 무사히 잘 다녀오너라."

"어휴, 당신은 무슨 하루 종일 그 얘기만 해요?"

이지은이 눈을 흘겼다.

헛기침을 내뱉은 서재현이 변명하듯 대답했다.

"아니, 그만큼 놀라운 소식이니 그렇지!"

반면 수열만은 유일하게 침울한 표정으로 깨작깨작 밥알을 집어 삼키고 있었다.

그가 애처롭게 말했다.

"형, 그럼 이제 언제 볼 수 있어?"

"내년. 어차피 일 년 일정이야."

빙그레 웃은 지호가 수열의 머리를 헝클어뜨리며 덧붙였다.

"비행기 값이 워낙 비싸서 방학 때 들어올 수 있을지는 잘 모르겠지만 자주 연락할게."

"……."

수열은 입을 굳게 닫고 울먹였다.

피식 웃은 지호가 이지은에게 시선을 돌리며 말했다.

"숙모가 해주시는 음식 그리워서 어떡하죠?"

"애는~ 기숙사에서도 잘 지냈는데 뭘? 말만이라도 기분 좋다."

"하하."

지호는 어색하게 웃었다.

그러고 보니 집을 나가서 지낸 지도 꽤 됐다.

'음식은 입에 맞을지 모르겠네.'

막상 한국을 떠나 이역만리(異域萬里)에서 생활할 생각을 하니 설렘 반, 두려움 반의 복합적인 감정이 들었다.

식사를 모두 마친 서재현이 지호에게 말했다.

"할 말이 있으니 잠시 서재로 오너라."

"네, 삼촌."

두 사람은 서재로 향했다.

지호는 이곳을 눈에 담으려는 듯 두리번거렸다.

'이제 일 년 동안은 못 오겠지?'

그때 서재현이 입을 열었다.

"네게 줄 게 있다."

대뜸 말한 그는 서랍에서 두툼한 원고지 뭉치와 열쇠를 꺼내서 건넸다.

'제목도, 작가도 없어?'

명필(名筆)로 쓰인 내용만이 가득했다.

군데군데 녹이 슨 열쇠는 또 무엇인가?

지호는 궁금한 표정으로 물었다.

"삼촌, 이게 뭐예요?"

"우선 원고지는 네 아버지가 생전에 쓰던 작품의 초고(草稿)다."

"제 아버지의 작품이요……?"

일순간 말문이 막혔다.

'이제 와서 이걸 왜 내게…….'

나직이 한숨을 내쉰 서재현이 천천히 입술을 뗐다.

"사고 이후, 나는 너희 가족이 살던 집에 종종 찾아갔었다. 네 부모님과 난 땅속 어딘가에 기념될 만한 소중한 물건들을 보관해 두었었거든. 그리고 우리 세 사람만 알고 있는 그곳에서 네 아버지가 세상을 떠나기 전 묻어둔 초고를 발견했다."

"아……."

"그 열쇠도 너희 가족이 살던 집의 비상 열쇠다. 지금껏 그대로 보존해 왔지."

흐릿한 기억 저편에 있는 집.

지호는 순간 목이 메었다.

"삼촌… 정말 감사해요."

"아니야, 아니야."

고개를 저은 서재현은 괴로운 기색이 역력했다.

"사고 당시 나는 두 사람에게 아무것도 해줄 수 없었다. 그게 내 가슴에 한이 됐어. 그 어린 나이에 네 녀석이 느꼈을 고통을 생각하면 지금도 잠을 설친다."

그가 어렵게 말을 이었다.

"그래서 이 말을 해야 할지… 고민을 수도 없이 해왔다. 고민하고 또 고민했지."

지호는 마음이 불안해졌다.

'대체 무슨 말씀이시기에 저렇게까지 뜸을 들이시는 걸까?'

두려움이 앞섰지만, 부모님에 대한 어떤 말이라도 듣고 싶은 바람이 훨씬 컸다. 그는 서재현을 막지 않았고, 서재현은 금기시 여겨왔던 비밀을 입 밖으로 꺼내고 말았다.

"네 아버지 초고에 쓰여 있는 건 굉장히 위험한 내용들이었다. 그 당시 정재계 인사들의 치부, 더러운 유착 관계가 낱낱이 적혀 있었으니까. 더군다나 실명까지 기재해 놨으니 더 이상 소설이라고 말할 수도 없지."

"삼촌, 잠깐만요."

말을 자른 지호는 일그러진 얼굴로 물었다.

"그럼 설마 부모님의 죽음이……."

그는 차마 말을 잇지 못했다.

그러나 묻고 싶은 말은 명확했다.

'사고가 아닌 타살일 수도 있다는 건가요?'

서재현은 돌덩이를 씹어뱉는 심정으로 답했다.

"…나도 그저 심증일 뿐이다."

그는 눈을 질끈 감으며 뒷말을 삼켰다.

'그러지 않고서야 멀쩡하던 차의 액셀과 브레이크가 동시에 고장 날 리 없으니.'

지호는 제자리에 선 채로 원고지를 넘겼다. 매일 저녁 TV만 틀면 나오는 이름들이 곳곳에 적혀 있었다.

"하하."

헛웃음이 나왔다. 손에 들린 가벼운 원고지 때문에 그런 끔찍한 일이 벌어졌다고?

"영화도 아니고, 그럴 리가 없잖아요."

부정하는 지호를 보던 서재현이 고개를 끄덕였다.

"물론 과한 해석일 게야. 그래서 말하기 전 고민을 거듭했었다. 확실한 건 아무것도 없으니까."

하지만 세상에는 영화보다 더 영화 같은 일이 빈번하게 일어난다.

두 사람 다 진실을 짐작하고 있었다.

그저 애써 부정하고 싶을 뿐.

"삼촌. 죄송하지만 저 먼저 올라가 볼게요."

지호는 몹시 힘겨워 보였다.

서재현 역시 괴로운 얼굴로 고개를 끄덕였다.

"그래, 어서 올라가 보려무나."

서재를 나선 지호는 방금 뱉었던 말과는 달리, 자신의 방으로 올라가는 대신 부모님이 잠들어 계신 뒷마당 언덕 위 영생목을 찾아갔다.

하지만 아버지도, 어머니도 묵묵부답이었다.

나직이 한숨을 내쉰 지호는 영생목에 기대어 앉아 서재현이 준 초고를 다시 한 번 천천히 읽어 내렸다. 마지막 장을 넘겼을 때, 의심은 더욱 짙어졌다.

그는 허공에 대고 물었다.

"대체 그 짧은 순간 무슨 일이 일어났었던 거죠?"

의혹이 사실이라고 한들 10년이 지난 사건을 이제 와서 어떻게 밝혀낸단 말인가?

'굳이 직접 밝혀낼 필요는 없어.'

원고지를 쥔 손에 힘이 잔뜩 들어갔다.

'만일 그때 사고가 이 속에 있는 누군가의 짓이었다면, 원고가 내 손에 있다는 사실을 알게 되는 순간 또다시 움직일 수밖에 없을 테니까.'

생각을 정리한 지호는 몸을 일으켰다.

어차피 사회적으로 민감한 사안을 내세워 세태를 비판하거나 고발하는 사회파 영화(Social Conscience Film)를 만들려면 인지도가 있어야 한다.

아니, 인지도가 있다고 해도 영화가 만들어질 때까지 원고 속 대상들이 가만히 두고 볼 리가 없었다. 해외에서 만든 영화를 국내로 들여온다면 모를까.

*　　　　*　　　　*

얼마 후.

이지은은 지호를 공항까지 바래다주었다. 함께 배웅을 나온 수열은 아침부터 내내 침울해 보였다.

지호는 공항에 도착해 차에서 내린 순간 화들짝 놀랐다. 익숙한 얼굴들이 보였기 때문이다.

"뭐야, 다들 뭐예요?"

〈부산〉에 참여한 스태프들과 배우들이 배웅을 나와 있었다.

해조가 그들을 대표해 선물 상자를 건넸다.

"자, 여기 선물!"

지호는 배웅 나온 사람들의 면면을 살피며 울컥했다. 선물 상자를 껴안은 그가 떨리는 목소리로 말했다.

"다들 정말 고마워요. 발걸음이 더 안 떨어지게 생겼네."

한 명, 한 명과 인사를 나눈 지호는 아쉬운 이별을 해야

했다.

지호는 에티하드 항공사를 통해 영국 런던까지 이동하기로
되어 있었다. 또한 도착하는 대로 비콘스필드에 자리 잡고 있
는 NFTS로 갈 예정이었다. 이 모든 이동 경비는 한국예술대
학교에서 지원했다. 그는 탑승 수속을 마치고 발부 받은 탑승
권을 확인했다.

"어? 뭐야?"

그는 깜짝 놀랐다. 이코노미로 알고 있었는데, 무려 퍼스트
클래스였던 것이다. 두 배가 넘는 가격 차를 생각하면 그야말
로 파격적인 안배였다. 국내 최초로 뽑힌 NFTS 교환학생이
특별하긴 한가 보다.

'생각보다 편안하게 갈 수 있겠는데?'

지호는 보안 검사와 출국 심사를 마저 받은 뒤 비행기에 탑
승했다. 좌석이 나란히 붙어 있었지만 밀착되어 있지 않고, 두
좌석을 분리하고 있는 파티션도 꽤 높았다.

잠시 후, 선글라스를 착용하고 그레이 후드를 눌러쓴 금발
의 승객이 지호 옆자리에 앉았다. 그녀는 선글라스를 능숙하
게 수면 안대로 바꾸며 머리를 편히 기댔다. 잠시도 얼굴을 노
출하지 않으려는 모습이었다.

한편 지호는 막상 비행기에 타자, 사방을 관찰하며 쓸데없
는 잡생각을 했다.

'독특한 외국인이야.'

머지않아 웰컴 드링크가 나왔다.

단숨에 잔을 비운 지호는 고급스러운 기내식 메뉴를 정해야 하는 난관에 부딪혔다. 셰프가 직접 주문 사항을 체크하며 온갖 질문을 쏟아내는 통에 처음엔 당황했지만 이내 스테이크와 사이드 메뉴로 이루어진 기내식을 주문할 수 있었다.

식사를 모두 마친 지호는 팀원들에게 건네받은 선물 상자를 열어보았다. 안에 든 슬레이트 뒷면에는 팀원들의 응원 문구가 빼곡하게 들어차 있었다.

'다들… 잘 쓸게!'

지호가 막 상자를 닫으려던 찰나, 누군가가 몰래 넣어둔 편지 한 통이 눈에 들어왔다.

'음?'

바로 해조가 쓴 편지였다.

지호는 쭉 읽어 내려갔다. 놀랍게도 편지 안에는 그녀의 마음이 구구절절 적혀 있었다. 해조는 고등학교 때부터 이미 지호를 마음 한구석에 담아두고 있었다. 그러나 그녀는 친구 관계가 소원해지는 것을 원치 않았고, 소심한 성격상 지금껏 미루다 마음을 고백한 것이다.

내용을 모두 확인한 지호는 담담한 표정으로 편지를 고이 접어 가방 안 깊숙이 넣어뒀다. 그때까지도 옆자리의 외국인은 여전히 쥐 죽은 듯 잠을 자고 있었다.

'저 사람은 배도 안 고픈가?'

지호는 잠깐 의문이 들었지만 이내 신경을 끄며 어메니티 중 검정 가방에서 부드러운 촉감의 잠옷을 꺼내 입었다. 그후 조명을 어둡게 조절하고 오른편 박스에서 리모컨을 꺼내 영화 채널을 튼 뒤 헤드셋을 착용했다. 더불어 좌석 미니바에서 땅콩과 생수를 먹으며 영화를 시청했다.

퍼스트클래스라 그런지 첫 비행인데도 불편함이 전혀 느껴지지 않았다. 천국이 따로 없었다. 하필이면 영화에서도 지호가 팬심을 품고 있는 '리나 프라다'가 나오고 있었다.

지호는 영화광답게 식사 순간을 포함한 비행 내내 계속 영화만 봤다. 두 번째 영화는 〈플라이트〉였다.

"비행기 안에서 추락 재난 영화를 보다니……."

중얼거리는 순간 옆자리에서 '풉!' 하고 웃는 소리가 들려왔다.

'응? 한국말을 알아들어?'

지호는 무심코 고개를 돌렸다.

옆자리의 여자는 언제 일어났는지 선글라스를 쓴 채로 개인이 가져온 이어폰을 한쪽 귀에 꽂고 있었다.

잠시도 선글라스 혹은 수면 안대를 벗지 않는다.

'연예인 병인가?'

외국인이라고 다를 거라고 생각하진 않았다.

여자를 빤히 보던 지호가 관심을 접고 고개를 돌리는 찰나, 그녀가 청아한 음성으로 말을 걸어왔다.

"아까 리나 프라다 나오는 영화를 보시던데."

지호는 비교적 유창한 한국말에 화들짝 놀랐다.

교포라기에는 다소 어색한 발음이었다.

"어? 한국말을 잘하시네요?"

"듣다 보니 익혔어요. 영어권에서 지내는 한국인이 유창한 영어를 쓰는 것처럼."

담백한 말투로 대답한 그녀가 재차 물었다.

"리나 프라다 팬이에요?"

"하하, 네. 만나서 대화를 나눠보고 싶을 정도로요."

대답을 들은 여자가 장난스럽게 웃으며 물었다.

"지금 리나 프라다랑 같은 비행기에 타고 있다면 기분이 어떨 것 같아요?"

"으음… 설레겠죠."

지호는 눈매를 좁히며 그녀를 유심히 보았다. 그러고 보니 리나 프라다와 제법 닮은 것도 같았다.

'리나 프라다가 한국에서 영국행 비행기를 탈 확률은 얼마나 될까?'

잠시 생각해 봤지만 그럴 가능성은 제로에 가까웠다. 더구나 시사회에서 봤던 그녀는 한국말을 쓰지 않았다. '서재현 감독의 영화를 좋아하지만 한국은 처음 왔다'고 했다.

'에이, 나도 참 쓸데없는 생각을!'

여자가 콧등에 걸친 선글라스를 내린 건 그때였다.

신비롭게 보이는 에메랄드 빛 눈동자였다. 초록색은 전 세계 인구 중 1%~2%밖에 안 되는 매우 희귀한 눈동자 색. 그중에서도 이처럼 아름다운 외모를 가진 여자는 리나 프라다뿐일 것이다.

"헐… 말도 안 돼."

지호는 반쯤 입을 벌린 채 의미 없는 질문을 던졌다.

"그쪽이 정말 리나 프라다예요?"

"맞아요."

그녀는 반응을 즐기는 것처럼 웃어 보이며 선글라스를 다시 올렸다.

지호로서는 그녀의 눈동자가 사라지는 게 아쉬웠지만.

"내가 리나 프라다 옆자리에 앉다니."

그가 지금 이 순간 가장 궁금한 것은 황당하게도 리나 프라다가 유창하게 한국말을 쓴다는 사실이었다.

"도대체 우리말은 언제 배운 거예요?"

깔깔 웃은 리나 프라다가 밝게 대답했다.

"전 아무리 많은 분량의 대본도 한 번 보면 모조리 다 외워요. 이 정도 말하는 건 일도 아니죠!"

지호는 움찔했다.

'설마 나처럼 사진 찍듯 기억할 수 있는 건가?'

그때, 리나 프라다가 불쑥 물었다.

"행선지가 어디에요? 런던?"

"네, 맞아요."

"도착하기 전까지 심심하진 않겠네요. 전 아부다비까지 가요. 이번에는 중동의 매력에 흠뻑 빠져볼 차례죠."

"아하, 평소에도 여행을 많이 다니시나 봐요."

"네, 작품 끝날 때마다 다니고 있어요."

리나 프라다는 검지를 붙이며 막 생각난 것처럼 말했다.

"참! 우리가 여기서 만난 건 아무한테도 얘기하지 않는 편이 좋을 것 같네요."

귀여운 모습에 살짝 웃은 지호가 고개를 끄덕였다.

"네, 아무한테도! 저 자신도 믿기 힘든데요."

"정말 믿어도 되죠? 내가 어디서 뭘 하는지 세상에 실시간으로 알려진다고 생각하면 가끔씩 소름 돋거든요. 더군다나 파파라치들은 위치 추적기라도 달아놓은 것처럼 집요하죠."

"아무 걱정 마세요."

말한다고 한들 아무도 믿어주지 않을 것이다.

하긴, 할리우드 톱 배우 반열에 오른 리나 프라다가 전용기가 아닌 항공편에 탑승한다는 것 자체가 넌센스였다.

"세계적인 배우가 혼자 여행을 다닌다니. 조금 초현실적이네요."

"모두가 저를 알아볼 것 같죠? 하지만 조금만 숨기고 다니면 아무도 못 알아보더라고요. 가끔은 이런 반전이나 스릴을 즐기기도 해요! 조마조마한 기분이 좋거든요."

독특한 취미와 감흥을 가진 여자였다.

웃음을 터뜨린 지호가 그녀를 묘사했다.

"꼭 〈로마의 휴일〉에 오드리 햅번 같아요."

"맙소사! 오드리 햅번이라고요? 녹음이라도 해두고 싶네요. 아카데미상 후보에 오른 기분이에요."

한껏 들뜬 리나 프라다가 물었다.

"그나저나 저랑 비슷한 또래 같은데 〈로마의 휴일〉을 봤다니. 영화를 좋아하시나 봐요?"

"물론이죠! 올해 초 〈오후의 사랑〉 내한 오셨을 때도 시사회 초대장 받아서 갔는걸요."

"어머, 어쩐지! 낯이 익다 했어요. 객석에 있었죠?"

리나 프라다가 재치 있게 받아치자 지호 역시 맞장구를 쳤다.

"그랬었죠. 오늘 제 옆자리에 앉으신 걸 보니 그때 보낸 싸인을 잘 접수하신 것 같네요."

농담을 주고받자 어색했던 분위기가 어느 정도 친숙해졌다.

말문이 트인 리나 프라다가 쉴 틈 없이 물었다.

"재밌게 본 영화 하나만 말해봐요."

"〈시네마 천국〉이죠."

지호 대답을 들은 그녀는 의외라는 듯 눈을 치떴다.

"그 영화도 봤다고요?"

"물론이죠. 영화인이라면."

"네? 영화인?"

"아, 말을 안 했네요. 저는 영화감독이 되고 싶어요."

지호는 당당하게 밝혔다. 성인이 되기도 전에 이미 세계 정상급 배우가 된 리나 프라다가 보기에는 햇병아리처럼 보일 수도 있었지만, 그는 전혀 개의치 않았다.

한편 리나 프라다는 탄성을 터뜨렸다.

"아! 아깝게 틀렸네요. 배우가 아니고 감독이었어요?"

나름대로 외모를 보고 추측했던 것이다.

비록 틀렸지만.

"그럼 지금은 학생인가요?"

"네."

지호가 고개를 끄덕였다.

리나 프라다는 이번에야말로 맞추겠다는 듯 재차 물었다.

"그런데 런던에는 왜 가는 거예요? 혹시 학교가 영국에 있어요?"

지호는 정신없는 질문 공세에도 흔들리지 않고 차분히 대답해주었다.

"아뇨. 원래는 한국에 있는 한국예술대학교 학생입니다. 그런데 이번년도에 운이 좋게도 NFTS 교환학생으로 가게 됐거든요."

"오, 역시!"

리나 프라다는 덧붙였다.

"혹시나 했는데 반은 맞췄네요. 그럼 몇 살이에요?"

"만으로 열아홉 살! 우리 동갑이에요."

"우린 동갑인 데다 꿈까지 연관이 있네요."

거기까지 대화를 나눈 리나 프라다는 손목시계를 확인하고 말했다.

"벌써 열 시간째 비행 중이니까, 곧 아부다비 공항에 도착하겠어요."

아랍에미리트의 아부다비(Abu Dhabi)는 인천에서 런던으로 가는 도중 거치는 경유지였다.

그녀 말처럼 잠시 후 안내 방송이 나오고 비행기가 하강했다. 활주로에 안착한 비행기가 멈췄을 땐 작별할 시간이 코앞에 닥쳐 있었다.

승객들이 하나둘 내리기 시작했다.

리나 프라다 역시 자리에서 일어나 인사를 건넸다.

"이제 가야겠네요. 여기까지 오는 내내 너무 즐거웠어요."

그녀는 잠시 뜸을 들이다 덧붙였다.

"그리고… 제 얘기 들어줘서 고마워요!"

"저도 즐거웠습니다."

지호는 큰 키로 짐을 내려주며 말했다.

"이런 말을 해도 될지 모르겠지만… 정말 매력적이시네요."

그 한마디로 인해 분위기가 어색해지자 지호는 서둘러 변명
했다.

"하하! 언제 다시 만날지 몰라서 얘기한 겁니다."

리나 프라다가 미소 지었다. 눈부시게 아름다운 미소였다.

"또 봐요. 안녕!"

그녀는 여운을 남기고 뒤돌아 멀어졌다.

꿈에서 깬 것 같은 표정으로 잠시 어리둥절해 하던 지호는
머리를 흔들고 가방을 챙겨 아부다비 공항으로 나갔다. 그는
조금 더 작은 크기의 비행기로 환승해 런던 히드로 공항으로
출발했다.

*　　　　*　　　　*

런던에 도착한 후 지호의 첫 소감은 예상했던 것보다 날씨

가 쌀쌀하다는 것이었다. 습도가 높고 바람도 많이 부는 탓에 기온보다 춥게 느껴졌다.

한국처럼 두툼한 패딩까진 필요 없었지만, 코트에 목도리나 장갑으로 무장할 날씨는 됐다.

지호는 히드로 공항에서 미니버스를 타고 런던 북서쪽의 작고 아담한 마을, 비콘스필드로 갔다.

그리고 마침내 세계 최고의 영화 학교 중 한곳으로 손꼽히는 NFTS(National Film and Television School)에 도착할 수 있었다.

지호는 표지판을 보고 학교 기숙사를 찾아갔다. 모던한 느낌의 신축 건물에 들어서자, 마침 1층 로비에 앉아 있던 관리인이 그를 반겨주었다.

"어떻게 오셨습니까?"

"아, 저는 한국예술대학교에서 교환학생으로 오게 된 신지호입니다."

"그 앞에 잠시만 앉아계시겠어요?"

"네."

지호는 푹신한 소파에 엉덩이를 붙이고 탁자 위 팸플릿을 펼쳐들었다.

팸플릿은 NFTS 기숙사의 시설과 이용 규칙에 관한 내용들이 주를 이뤘다.

한참을 읽던 지호는 기숙사 이용 요금을 보고 화들짝 놀랐다. 웬만한 대학 등록금보다 비쌌던 것이다.

물론 이 모든 비용은 한국예술대학교가 부담했다.

'더 열심히 해야겠네.'

그때 관리인이 지호를 불렀다.

"여기 신청서에 싸인하고 들어가시면 됩니다."

지호는 그 말에 따라 로봇처럼 움직였다. 싸인을 하고 3층으로 올라갔다.

도착해서 보니 거실과 주방을 공동으로 이용하고 2인실 두 곳이 붙어 있는 구조였다.

"여기가 앞으로 내가 지낼 곳……."

혼잣말을 한 지호는 자신이 배정된 방으로 향했다.

안에서는 마침 갈색 머리에 푸른 눈을 가진 남학생이 짐을 풀고 있었다. 그의 첫인상은 미소년이라는 세 글자로 함축할 수 있었다.

'하마터면 여자로 착각할 뻔했네.'

내심 생각한 지호가 인사를 건넸다.

"안녕하세요! 전 한국에서 온 신지호입니다. 연출과 교환학생으로 왔어요."

고개를 돌려 그를 빤히 바라본 남학생은 조용한 음색으로 대답했다.

"저는 빌 안데르센. 스웨덴에서 왔어요. 저도 연출 전공입니다."

자신을 소개한 빌은 이내 고개를 돌리며 다시 제 할 일을 했다.

'무시······? 아니면 원래 숫기가 없는 건가?'

조금 민망해진 지호는 여행 가방에서 짐을 풀기 시작했다.

*　　　*　　　*

빌 안데르센은 스웨덴에서 태어나고 자랐다. 그는 삶의 만족도가 매우 높았기 때문에 큰 변화를 꺼려했다.

하지만 빌이 가장 존경하는 감독이자 은사로 생각하는 교수 하네스 홀름(Hannes Holm)은 그의 재능을 발견하고 넓은 세계로 나가길 종용했다.

만약 그 일이 아니었다면 빌은 영국에 교환학생으로 오지도 않았을 것이다.

'기왕 왔으니 잘해보자!'

빌은 마음을 다지며 짐을 풀었다.

그 순간 노크 소리와 함께 문이 열리며 동양인 한 명이 들어왔다.

빌은 두 눈을 크게 치떴다.

'우와, 머리카락과 눈동자가 검은색이야!'

당연한 사실이 동양인을 처음 보는 그에게는 그저 신기하고 멋져 보였다.

심지어 키도 훤칠하고 잘생겼다.

동양인, 지호가 입을 열어 자신을 소개했다.

빌 역시 스스로를 소개했다. 그러나 유독 심한 낯가림 때문에 서둘러 시선을 돌리며 다시 물건을 정리했다. 동시에 고민 하나가 생겼다.

'함께 피카 타임을 갖고 싶은데… 어떻게 말하지?'

피카(FIKA)는 티타임(Tea time) 혹은 브레이크 타임(Break time)이라는 뜻을 가진 스웨덴 단어다. 이 피카는 스웨덴 사람들에게 일상이었으며 삶의 일부기도 했다.

물건을 정리하며 고민하던 빌이 살며시 고개를 들며 지호를 향해 수줍게 물었다.

"저기… 실례가 안 된다면 커피 한잔할래요?"

"좋아요."

흔쾌히 대답한 지호는 거실로 나갔다.

빌 역시 스웨덴에서 가져온 커피를 주섬주섬 챙겨 쫓아갔다.

"아, 커피는 제가 대접할게요!"

머지않아 그는 커피를 두 잔 내왔다.

지호는 원래 커피를 선호하지 않았지만 할 수 없이 맛을 보았다. 그런데 입안에서 감도는 향과 맛이 일반적으로 접하던 커피와는 조금 달랐다.

"커피 향이 좋네요."

그 말에 빌은 기쁜 얼굴을 했다.

"다행이에요! 우리나라에선 오전, 오후에 한 번씩 이런 시간을 갖는데, 이걸 피카라고 불러요. 대부분 직장에도 공동으로 쓰는 공간에는 피카룸이 별도로 설치돼 있죠. 커피 타임을 줄여서 'KAFFE(카페)?'라고 하다가 거꾸로 말하기 시작하면서 생긴 단어예요."

"하하, 유래가 재밌네요. 정말 좋은 문화인 것 같아요."

지호는 모든 게 신기하고 새롭게 느껴졌다.

영국에 도착한 지 반나절도 지나지 않았는데 스웨덴 국적의 룸메이트를 만나고, 대화하며 전혀 몰랐던 사실을 알게 되었다.

'왜 어른들이 견문을 넓히라고 하는 건지 알겠네.'

예전에는 그러려니 했던 말이 지금은 진심으로 와 닿았다.

방금 알게 된 피카만 해도 얼음 같은 개인주의를 녹이는 따뜻한 집단 문화였다.

공동 작업을 요하는 영화 현장에 도입해도 좋을 문화였던 것이다.

"룸메이트끼리 앞으로 잘 지내봐요."

지호가 말하자 빌이 세차게 고개를 끄덕였다.

"물론이죠!"

그때 거실을 함께 쓰는 옆방 학생들이 도착했다.

한 명은 나이지리아 국적의 흑인 아메드 무사였고, 또 한 명은 일본 국적의 사가라 사노스케였다.

그야말로 여러 인종의 구성원들이 모여 있었지만 세계 최고의 영화 전문가가 되기 위한 목적만은 같았다.

더군다나 하나같이 각국 최고의 명문 학교에서 차출된 재원이니만큼 저마다 뛰어난 면모를 가지고 있을 터.

지호는 NFTS에서의 나날이 기대됐다.

*   *   *

봄 학기가 시작되는 1월 둘째 주까진 보름 정도 시간이 남아 있었다.

졸지에 기숙사에서 성탄절을 보내게 된 지호와 빌은 침대에 퍼져 있었다.

어느 정도 낯가림이 사라진 빌이 전에 비해 편한 말투로 물었다.

"지호! 넌 남은 방학 동안 뭘 할 생각이야?

다행히 지호는 이미 봄 학기가 시작되기 전까지 할 일을 계획해 둔 상태였다.

"일단은 다양한 각본을 써서 여러 영화제작사에 보내보려고."

"영화제작사에?"

빌이 두 눈을 동그랗게 떴다.

지호는 대수롭지 않게 답했다.

"응, 이곳에서도 내 취향과 발상이 통할지 궁금하거든. 유명 제작사에서 모든 각본을 읽진 않겠지만 영화계의 명사들을 여럿 배출한 NFTS 주소가 적혀 있다면 적어도 시놉시스 정도는 읽어보지 않겠어?"

Chapter 3
이름 없는 각본가

지호는 잠잘 때와 피카를 제외한 모든 시간을 각본 집필에
투자했다.

분명 빌이 잠들 때까지도 책상 앞에 앉아 스탠드를 환히 밝
히고 있던 지호는 아침까지 흐트러짐 없는 자세로 노트북 자
판을 두드리고 있었다.

"지호, 또 안 잤어?"

대답이 돌아오지 않자 빌은 발소리를 죽이며 거실로 나갔
다.

한편 홀로 남은 지호는 그의 배려조차 인지하지 못할 정도

로 몰두하고 있었다.

"이런 흐름이라면… 그녀는 뭐라고 할까?"

잠시 고민하던 지호는 아이디어가 번뜩이는 두 눈으로 모니터를 빤히 직시하며 자판을 두드렸다.

멈췄던 자판 소리가 다시 방 안을 수놓았다.

그렇게 얼마나 지났을까? 지호는 불현듯 백스페이스키를 꾹 누른 채, 방금 전까지 써 내려가던 내용을 모조리 지워 버렸다.

"하, 젠장……!"

평소의 침착한 모습이 저 멀리 달아났다. 각본 작업을 할 때면 늘 곤두선다. 극도로 예민해지지 않으면 섬세한 감정과 사건을 다룰 수 없기 때문이다.

"진부하진 않을까?"

지호는 미간을 좁혔다. 그에게 창작은 전투와 흡사했다. 고통과 희열을 동시에 선사한다. 잠시도 한눈을 팔 수 없다. 오로지 감각에 의지한다.

다시금, 멈춰 있던 손가락이 재빠르게 움직이기 시작했다.

타타타탁! 탁탁!

*   *   *

영화 프로듀서 제임스 페터젠은 오전 아홉 시 네러티브 제작사로 출근했다.

사무실에 도착했을 무렵 그의 비서 미란다가 말했다.

"제임스, NFTS에서 우편물이 왔길래 책상 위에 올려뒀어요."

"고마워요, 미란다."

사무실 안에 들어간 제임스는 문을 닫고 자신의 책상 위에 놓인 서류 봉투를 들어올렸다.

'음? 미스터 블루(Mr. Blue)?'

NFTS 주소만 있고 발신자는 익명이다.

모교(母校)에서 매년 날아오는 의례적인 연하장 정도로 여겼던 제임스는 고개를 갸웃했다.

'영국 대학에서 LA의 할리우드까지 왜……?'

그가 봉투를 뜯어 안에 내용물을 확인했다.

영화각본 한 부가 들어 있었다.

"흐음."

턱을 매만지며 고민하던 제임스는 곧 책상 앞에 앉아 각본을 읽기 시작했다. 그리고 이내 물이 스펀지에 스며들 듯이 몰입했다.

삼십 분 뒤 비서 미란다가 들어와 물었다.

"제임스, 회의 준비 안 해요?"

불장난을 하다 걸린 아이처럼 화들짝 놀란 제임스가 되물었다.

"아, 벌써 시간이 그렇게 됐어요?"

시계를 확인하니 회의 시간 삼십 분 전이다.

그럼에도 제임스는 좀처럼 각본에서 눈을 떼지 못했다.

"미안하지만… 미란다."

머뭇거리던 그가 끝내 말을 뱉었다.

"오늘 아침 회의는 생략하겠습니다. 직원들에게도 전해주세요."

"알겠어요, 제임스. 그런데 얼굴이 무척 빨개요. 혹시 감기에 걸렸다면 하루쯤 푹 쉬어요."

미란다는 걱정스럽게 말하고 사무실을 나갔다.

반면 제임스는 열감기가 아닌 흥분으로 잔뜩 달아오른 상태였다.

'얼마 만에 이런 각본을 보는 거지?'

좋은 각본은 영화의 뼈대가 된다. 그리고 뼈대만 봐도 대충은 결과물을 짐작할 수 있게 마련이었다.

"이건 꼭 내가 제작해야겠어. 할 수 있어."

피와 살을 붙이는 건 제작자인 자신의 몫이었다.

그는 인터폰을 켜고 영업부 각본 담당 스탠 로스를 불러들였다.

잠시 후 스탠이 도착하자 그가 말했다.

"스탠, 난 방금 대박 조짐을 느꼈습니다. 이게 바로 내 아침을 송두리째 빼앗아간 각본이에요."

제임스가 내민 각본을 건네받은 스탠은 천천히 내용을 훑었다. 그 자리에서 끝까지 읽은 그가 조심스럽게 입을 열었다.

"제임스. 각본 내용은 완벽해요. 하지만 연출이 따라 줄지는……."

"무슨 말인지는 알고 있습니다. 하지만 훌륭한 감독과 함께한다면 얘기가 달라지겠죠."

제임스의 두 눈이 별처럼 빛났다.

이로써 스탠은 확신할 수 있었다.

"…정말 이 일에 손대볼 생각입니까? 소설이 재밌으려면 필력이 중요하지만 영화가 재밌으려면 배우가 좋아야 합니다. 예산이 많이 들 겁니다."

"물론 저도 알고 있어요, 스탠. 하지만 내용이 단순해서 다른 측면의 비용을 줄일 수 있을 거예요."

제임스는 벌써 제작에 들어간 것처럼 들떠 있었다.

한숨을 내쉰 스탠이 각본을 챙겨 일어나며 말했다.

"알겠습니다, 제임스. 캐스팅 디렉터 제인 숍메이커에게 각본을 보여주죠."

캐스팅 디렉터(Casting Director)는 대개 조단역의 캐스팅을 담당한다. 주연급 연기자들은 제작자 및 감독 레벨에서 결정되는 경우가 대부분이었기 때문이다.

그러나 제인 슈메이커는 달랐다. 그녀는 할리우드에서 가장 유명한 캐스팅 디렉터로서 많은 제작자 및 감독들이 기꺼이 조언을 구하는 대상이었다.

제임스는 오랜만에 그녀를 만날 생각을 하자 속이 울렁거렸다.

"그녀는 내 스승과 같아요. 하지만 알다시피 우리는 그렇고 그런 관계였던 적이……."

"그녀는 프로입니다. 개의치 않을 거예요."

스탠은 짧게 일축했다.

이내 머쓱한 표정의 제임스가 말을 돌렸다.

"그런데 문제가 하나 있습니다."

"문제요?"

"각본을 쓴 사람이 누군지 모릅니다."

"그게 무슨 말입니까?"

스탠이 황당한 낯빛으로 묻자, 제임스는 공연한 웃음을 터뜨리며 궁색한 대답을 내놓았다.

"제가 아는 건 발신자가 발신지에 NFTS 주소를 적었다는 사실뿐입니다. 익명으로 보내왔으니까요."

"그럼 어떻게 만든다는 겁니까? 각본을 쓴 원작자의 동의가 없는데."

"그거예요! 맞습니다. 우선 각본을 쓴 사람부터 찾아야 합니다. 그 일을 스탠, 당신이 좀 맡아줘야겠어요."

스탠은 벌써부터 머리가 지끈거렸다. 그러나 작가를 찾는 것 역시 자신의 일이고, 제임스는 엄연한 직장 상사였다.

"…알겠습니다. 일단 제인을 만나보고, 그 다음에 NFTS에 다녀오도록 하죠."

깔끔하게 대답한 스탠이 목례를 하고 사무실을 나갔다.

그 길로 스탠은 제인 슈메이커를 찾아갔다. 두 사람은 할리우드 대로변의 작은 디저트 카페에서 대화를 나눴다.

각본을 모두 읽어본 그녀는 딱 잘라 말했다.

"세계에서 가장 신비롭고 아름다운 이미지를 가진 여배우가 필요해요. 그래야만 각본의 느낌을 온전히 살려낼 수 있을 거예요."

각본에 영혼을 불어넣는 건 바로 배우의 존재였다.

난처한 표정이 된 스탠이 어렵게 물었다.

"혹시 리나 프라다 말씀하시는 겁니까?"

"그래요, 그녀뿐이에요. 제임스 같은 구두쇠가 감당할 수 있을진 모르겠지만."

"하하, 말에 가시가 있는 것 같군요."

스탠은 민망하게 웃었다. 제인과 제임스는 전날 연인이었던 적이 있었다.

'아무래도 완전히 털어내진 못한 모양이야.'

그때 제인이 어깨를 으쓱이며 대답했다.

"하긴, 혹시 또 모르죠. 위험한 도박과 신인 발굴에는 또 지대한 관심을 가지신 분이니까."

＊　　　＊　　　＊

한편 지호는 멈추지 않고 각본을 쓰는 중이었다. 마치 손에 귀신이 붙은 것 같았다. 아니면 머릿속이 우주처럼 드넓어졌던가.

아이디어는 끝없이 샘솟고 감각은 세포 단위까지 요동쳤다. 오죽하면 밤잠도 이루기 힘들었다. 정말 이러다 머릿속에 든 모든 것을 쏟아내고 죽는 건 아닐까 싶기까지 했다.

그 결과 2주에 장편 한 편씩, 약 보름 만에 시나리오 세 편을 완성했다.

개학을 앞두고 피카 타임을 가지던 중 빌이 말했다.

"지호, 살이 많이 빠졌어. 체격도 좀 왜소해진 것 같고. 각본 쓰는 것도 좋지만, 건강부터 챙겨야 하는 거 아니야?"

지호는 순순히 고개를 끄덕였다.

"네 말이 맞아. 운동도 다시 해야지."

그는 비로소 가슴에 품은 한을 푼 사람처럼 편안한 표정이었다.

"곧 개학이니 이제 쉬엄쉬엄 하려고."

그때 추리닝 차림의 아메드 무사와 사가라 사노스케가 거실로 들어왔다.

사노스케는 옆구리에 농구공을 낀 채로 물었다.

"너희들 밖에 학교 게시판 봤어?"

"네? 학교 게시판이요?"

빌이 되묻자 사노스케가 대답했다.

"어떤 녀석이 미국 할리우드의 네러티브 제작사로 각본을 보냈나 봐. 얼마나 훌륭했으면 그쪽에서 잔뜩 안달이 난 것 같더군!"

빌은 휘둥그런 눈으로 지호를 보았다. 익명으로 네리티브 제작사에 각본을 보낸 것을 알고 있었기 때문이다. 그러나 본인이 함구한 사실을 대신 밝히진 않았다.

그때 아메드가 사노스케에게 말했다.

"그 어마어마한 녀석이 누군지 궁금해 죽겠다. 교수님 아닐까?"

"야, 교수님이면 익명으로 보낼 필요가 없지."

"학생은 익명을 쓸 이유가 있고?"

"그러게."

서로 말을 주고받을수록 의문점만 깊어갔다.

그럼에도 지호는 입을 굳게 닫았다. 생각보다 일이 커진 셈이지만 그의 입장에선 어쩔 도리가 없었다.

리나 프라다와의 비행을 통해 생각해 낸 멜로 〈톱스타와의 일주일〉, 부모를 일찍 잃은 아이가 내면적 트라우마를 극복해 내는 내용의 〈잊지 못할 순간〉, 자신의 능력인 섬광 기억을 소재로 한 스릴러 〈플래시(Flash)〉.

세 편의 각본 모두 경험에 착안했다는 점이 마음에 걸렸다.

이름을 밝히지 않는다면 아무도 지호를 연상하지 못하겠지만, 지호가 쓴 각본임이 알려진다면 몇몇은 그를 떠올릴 터였다. 리나 프라다가 본다면 캐릭터에 자신이 녹아 있다는 것을 알아챌 테고 사고로 인해 부모님을 잃었다는 사실이 재조명될 수도 있었다.

지호는 그런 상황을 원치 않았다.

빌과 시선을 교환한 그는 사노스케가 언급했던 게시판 앞으로 갔다. 그곳에는 '네러티브 제작사'에서 요청한 게시물이 붙어 있었다.

사람을 찾습니다!

미국 할리우드 네러티브 제작사에 '미스터 블루'라는 익명으로 〈톱스타와의 일주일〉 각본을 보내신 분께서는 이 내용을 보는 즉시 제작사 측으로 연락주시기 바랍니다. 각본의 세세한 내용과 문서 작성 기록 등을 통해 본인 확인을 할 예정이오니 장난 전화는 사절합니다.

네러티브 제작사 : 213—XXX—XXXX

게시물을 확인하고 방으로 돌아간 지호는 침대에 벌러덩 누웠다.

'어떡하지?'

그 순간 빌이 물어왔다.

"사람들이 널 찾는 것 같은데. 이대로 가만히 있을 거야?"

"이렇게 될 줄은 몰랐어. 내 수준을 알고 싶어서 각본을 쓰기 시작했고, 쓰다 보니 재미가 들렸을 뿐이야. 딱히 영화로 만든다거나 유명해지고 싶은 생각은 없었거든."

"이름을 알릴 수 있는 좋은 기회에 왜 너 자신을 숨기려고 하는지 모르겠지만… 네 각본이 영화로 만들어지는 자체가 싫은 건 아니지?"

"응, 그야 당연하지. 싫을 리가 없잖아?"

내밀한 이야기를 털어놓듯 집필한 각본이었지만, 당장은 각본 내용과 자신이 연관되는 것이 불편할 따름이었다.

망설이던 빌이 제안했다.

"그럼 계속 익명으로 활동하면 되잖아? 정체는 네가 밝히고 싶을 때 밝히고."

좋은 생각이었다.

"굿 아이디어!"

벌떡 일어난 지호는 엄지를 치켜세우고 이어 말했다.

"그럼 내가 먼저 제작사에 연락을 취해야겠지? 정체가 탄로 나지 않으려면 말이야. 이거야 원… 〈스파이더맨〉이라도 된 기분이네."

빌은 덩달아 재미를 느끼는지 홍조 띤 얼굴로 대답했다.

"우와, 난 네 정체를 아는 유일한 사람인 셈이네!"

"그러게."

피식 웃은 지호가 대화 내용을 정리했다.

"더 이상 날 찾지 않도록 제작사에 먼저 연락을 취한다. 그 다음 계약서만 팩스나 우편을 통해 주고받으면서 익명을 유지한다. 맞지?"

빌은 검지를 쭉 펴며 덧붙였다.

"응. 계좌 번호도 잊지 말고!"

이후 지호는 빌과 상의한 대로 움직였다.

네러티브 제작사의 프로듀서 '제임스 페터젠' 앞으로 한 통의 편지를 보낸 것이다. 각본을 제공하고 나머지 부분에 대한 모든 책임은 네러티브 제작사에 일임할 의향이 있다는 내용의 편지였다. 또한 회신 받을 곳으로 NFTS와 가까운 비콘스필드에 위치한 카페 주소를 적었다.

처음 부탁을 받은 카페 주인 잭 앤더슨은 흥미롭다는 반응을 보였다.

"앞으로도 쭉 우편물을 대신 받아달라는 건가?"

그는 짓궂게 웃으며 다시 물었다.

"내가 네러티브 제작사에 정체를 까발리면 어쩌려고?"

"그럼 제 계획이 어긋나고 말겠죠."

지호는 어깨를 으쓱이며 능청스럽게 받아넘겼다.

그러자 곁에 있던 빌도 부탁을 보탰다.

"부탁드릴게요, 잭 앤더슨 씨. 기숙사에 오기 전에 학교 홈페이지에서 앤더슨 씨 가게에 관한 칭찬들을 많이 봤어요. 런치 타임 때 무료로 커피와 디저트를 제공해 주시는 등 학생들을 많이 배려해 주시더군요."

"이런, 안 그래도 요즘 런치 타임 때마다 영화 학교 녀석들이 심하게 붐벼서 이상하다 싶었는데. 누군가가 소문을 퍼뜨렸던 거였군."

잭이 물었다.

"만일 너희들도 내가 부탁을 받아주면, 이곳저곳에 우편물을 받아준다고 소문낼 테냐? 휴, 그랬다간 카페가 우체국이 되고 말 거야!"

지호가 단호하게 고개를 저었다.

"절대 그런 일은 없을 거예요."

"맞아요, 앤더슨 씨!"

빌까지 거들자 잭은 고민에 빠졌다.

잠시 후 그가 한숨을 내쉬며 말했다.

"하, 난 마음이 약해서 큰일이야. 좋다, 내 기꺼이 파트너가 되어주지. 대신! 나도 조건이 하나 있어."

"조건이요?"

잭이 고개를 끄덕였다.

"앞으로는 커피와 디저트를 무료로 제공하지 못한다고 홈페이지에 글을 하나 올려줘. 아! 그리고 앞으로는 날 잭이라고 불러도 된다."

그는 심각한 컴맹이었다.

"글은 제가 올릴게요, 잭!"

빌이 말했고, 지호는 한 술 더 떴다.

"그렇다면 저는 홍보 영상을 제작해 드리겠습니다. 제가 가장 자신 있는 일이니까요. 잭의 카페를 널리 알린다면 분명 많은 사람들이 찾아올 거예요."

"오호… 홍보까지 해준다 이거냐?"

잭은 그 제안이 썩 마음에 들었다. 안 그래도 컴퓨터는 젬병이라 마땅한 홍보 수단이 없었던 것이다. 지금이야 여유가 있어서 인심도 쓰고 하지만, 이대로 손님이 끊긴다면 언제 카페 문을 닫아야 할지 알 수 없었다.

"NFTS 학생들 실력이야 유명하지! 너희를 믿어보마."

두 사람이 다녀간 며칠 뒤, 할리우드의 네러티브 제작사에서 답장이 날아왔다.

잭은 차질 없이 지호에게 전화를 걸며 편지 봉투에 적혀 있는 발신자 이름을 읽었다.

"네러티브 제작사의 제임스 페터젠 프로듀서라… 이번에 들어온 학생들은 초장부터 큰물에서 노는군."

잭은 흡족한 미소를 지었다.

잠시 후 지호랑 빌이 찾아왔다.

"안녕하세요, 잭!"

잭이 손을 흔들며 대답했다.

"아직은 발음이 좀 어색하구나."

엄연히 말하면 빌의 발음이 지호보단 조금 나았지만, 둘 다 적응이 필요했다.

잭은 편지를 건넸다.

"자, 여기 있다! 네리터브 제작사에서 제임스인가 뭔가가 보낸 편지 맞지?"

"하하, 네. 맞아요."

지호는 설레는 마음으로 편지 봉투를 뜯어보았다.

신인 작가는 통상 2주 정도 단계적 평가를 거치지만, 지호에게는 이런 단계를 생략한 채 바로 계약을 하고 싶다는 내용이었다.

곁에서 내용을 훔쳐본 빌은 기겁하며 비명처럼 말했다.

"맙소사! 깐깐하기로 유명한 대형 제작사에서 단 한 번에 오케이를 하다니! 이건 '당신 원고는 손댈 곳이 없을 만큼 완벽하네요!'라고 한 것과 마찬가지라고!"

*   *   *

네러티브 제작사에서 받은 편지는 그저 시작에 불과했다. 머지않아 NFTS에서 또 한 번 비슷한 일이 벌어진 것이다.

일주일 동안 메이저 제작사 두 곳의 게시물이 더 붙었다. 모두 '미스터 블루'라는 각본가를 찾는 내용이었다.

'네러티브 제작사'의 뒤를 이어 지호를 찾는 제작사들은 뉴욕의 '씬 크리에이터'와 영국의 '크레딧 타이틀'이었다.

이쯤 되자 빌은 각본 내용이 궁금해 미칠 지경이었다.

"지호! 너 도대체 무슨 마법을 부린 거야?"

세계 최고의 감독들, 각본가들과 일하는 제작사들이 지호가 쓴 각본에 사족을 못 쓰고 있었다.

빌은 이런 상황이 믿기지가 않았다. 너무 신기해서 자신의 일이 아닌데도 절로 관심이 갔다.

'세계에 수많은 천재들이 있다지만… 그런 천재가 나랑 한 방을 쓰고 있을 줄이야!'

정작 지호는 떨떠름하게 웃으며 대답했다.

"하하… 그러게. 나도 당황스러워."

이런 파장까진 상상조차 못했기 때문이다. 오죽하면 필명도 선호하는 색깔대로 '미스터 블루'라고 대충 지어냈었다. 단지 자신의 실력과 색깔이 이곳에서도 인정받을 수 있을지 궁금해서 저지른 일인 것이다.

그래서인지 기쁘다기보다 아직 실감이 나지 않았다.

빌은 이런 지호를 위해 현재 교내에서 벌어지고 있는 일에 대해 객관적인 설명을 해주었다.

"다들 '미스터 블루'에 대해 수군대고 있어. 학교 SNS에도 계속 질문과 추측이 올라오고 있고. 비록 네 이름은 어디서도 찾아볼 수 없지만 말이야."

지호는 고개를 끄덕였다.

사건을 접한 대부분은 주변에 특별한 글 솜씨를 가진 친구들이나 교내 공모전에서 좋은 성적을 거둔 학생을 지목하고 있을 것이다.

"후, 점점 일이 더 커지네. 만약 사실이 알려지면 학교 생활 내내 불편한 시선을 견뎌야 할 거야."

자칫 괜한 질시를 받거나 누군가 의도적으로 접근할 수도 있다는 걱정이 앞섰다. 이미 한국에서도 현수나 영화제작사 대표 남길수를 통해 그런 상황을 겪어 본 경험이 있었던 것이다.

단순히 주변의 이목이 쏠리는 것과 세상의 주목을 받는 건 엄연히 달랐다. 공연히 준비되지 않은 상태에서 주목을 받는다면 득보다 실이 클 수도 있었다.

하지만 빌은 아직까지 그를 이해하지 못했다.

'왜 굳이 이렇게까지 숨기려는 걸까? 주목 좀 받는다고 해도 자신의 이름을 알릴 수 있는 기회인데.'

한편 그사이 지호는 복잡한 생각을 정리했다.

'아무 문제없어. 본격적으로 참여할 필요도 없고. 난 제작사에 OK 싸인만 보내면 돼.'

그가 생각한 결론은 아주 간단했다.

추가로 관심을 보인 두 곳 모두 메이저급 제작사에 각본만 넘기면 좋은 여건에서 제작해 줄 가능성이 높다는 것.

"일단은 남은 두 곳에도 연락을 취해봐야겠어."

지호는 나머지 두 곳 제작사에도 각본을 제공할 의사가 있다는 내용의 편지를 발송했다. 그다음 학교 도서관을 들렀다. 계약에 관한 법률 지식이 필요했기 때문이다.

예전에 각본을 도둑맞을 뻔했던 경험이 있는 지호는 꼼꼼히 알아보고 진행하기로 했다. 무엇보다 각 나라마다 계약 내용이 다르고 주의 사항도 다를 수밖에 없는 것이다.

도서관에는 만 단위의 영화 서적들이 책장을 차지하고 있었기 때문에 그는 도서관 사서의 도움을 받았다.

"시나리오작가 계약에 관한 서적들을 좀 볼 수 있을까요?"

컴퓨터 자판을 몇 번 두드린 사서는 귀신처럼 관련 분야의 서적들이 빼곡한 책장 앞으로 안내했다.

지호는 적합한 제목의 책을 몇 권 뽑아서 책상에 앉았다.

"후, 그럼… 어디 보자."

지호는 책을 펼쳤다.

그는 영국이나 할리우드에서도 아이디어 도용, 각본을 조건부로 집필시키는 행위, 원고료 떼어먹기, 불필요한 개작 등 다양한 형태의 착취가 발생하고 있다는 사실을 알 수 있었다.

'대형 제작사들이라고 해서 안심할 수만은 없어.'

지호는 책에 있는 내용들을 섬광 기억으로 찍어냈다.

사라락, 사라락 책장을 넘길 때마다 머릿속에 새하얀 빛이 퍼졌다.

번쩍!

그는 일일이 읽어보며 필요한 내용만 모조리 이미지로 각인시켜 버렸다.

책에는 계약금에 대한 내용도 나와 있었는데, 금액을 보면

입이 벌어졌다.

먼저 국내에서 신인 각본가는 통상 2천만 원 선의 원고료를 받는다. 그마저도 상업 영화로서의 가치를 인정받는 경우였다. 물론 흥행 성적에 따라 추가적인 인센티브를 받게 된다지만, 작가들이 한 작품을 완성하는 데 걸리는 시간과 취재 비용을 환산해 보면 결코 많은 수입이 아니란 것을 알 수 있었다.

그러나 영국은 조금 달랐다. 지호는 퇴고나 윤색 없이 초고만으로 만족을 얻어냈으므로, 작가 조합 최저 기본임금으로 계산해 봤을 때 3만 5천 파운드(한화로 약 5,200만 원) 수준의 보수가 책정된다는 것을 알 수 있었다. 대부분 선금 50%, 잔금 50%를 받으며 흥행 성적에 따른 인센티브를 감안하면 상한선도 따로 없었다.

즉, 세 편이면 무려 1억 5천만 원과 플러스알파다. 앞으로 저예산 영화 한 편은 만들 수 있는 자금이 확보되는 것이다.

하지만 중요한 건 당장 벌어들일 수입이 아니었다.

'…난 보름 동안 시나리오 세 편을 완성했어.'

경험을 바탕으로 한 각본을 썼다지만 한 달에 수천을 벌어들인 셈이었다. 제작사에서 계약서가 돌아오기 전까진 믿기 힘든 일이었다.

'여기 쓰여 있는 내용이 정말 사실일까?'

지호는 의심스러운 눈빛을 보였다.

그는 자신이 특별한 재능을 타고났다는 점은 경험을 통해 알고 있기는 했지만 그 깊이에 대해서는 정확히 가늠하지 못하고 있었다.

간혹 특정 작품을 쓰는 데에만 몇 년이 걸렸다는 말을 들어도 막연히 천천히 썼거나 글이 중간에 막혔구나 싶었을 뿐, 대부분이 그럴 거라고 생각해 본 적은 없었다.

창작의 고통을 느끼는 건 마찬가지였지만 글이 나오지 않았던 적은 단 한 번도 없었기 때문이다.

지호는 책을 책꽂이에 도로 꽂아두고 도서관을 나섰다.

그리고 기숙사로 돌아와 고뇌에 찬 표정으로 빌에게 물었다.

"빌, 넌 글이 잘 써질 때 보통 얼마나 걸려서 써?"

"음… 글쎄."

시놉시스를 깨작거리던 빌이 의자를 돌리며 대답했다.

"한 두어 달 정도? 일단 자료 조사도 해야 하고, 전체적인 스토리나 사건을 구성해야 하니까."

글은 저마다 쓰는 법이 다르다.

"각본 한 편을 완성하는 데 걸리는 시간은?"

"몇 번 퇴고 하느냐에 따라 다르지만 빠르면 여섯 달 정도 걸려. 난 신중한 편이긴 해. 너처럼 천재성이 있는 사람들은 시놉시스와 트리트먼트가 나와 있는 상태에서 2주, 3주 만에도 완성한다고 하더라."

그런데 지호는 일주일 만에 시놉시스, 트리트먼트, 각본까지 완성했다.

'…대부분이 그렇게 오래 걸린다고?'

뜻밖의 대답을 들은 지호는 놀라움을 금치 못했다.

한편 빌은 그가 한국에서부터 써왔던 각본을 완성한 것이라고 오해하고 있었다. 보름 만에 세 편을 쓰는 건 애초에 상상하기 힘든 일이었기 때문이다.

"그런데 그건 왜?"

"실은 내가 쓴 각본들, 모두 여기서 쓴 거거든."

예상치 못한 대답에 빌이 눈을 부릅떴다. 머리로 뒤통수를 한 대 맞은 표정이었다.

지호 역시 크게 다르지 않았다.

"매번 작업할 때마다 술술 써져서 내가 이상한 건지도 모르고 있었어."

"야아! 이상하다니? 그게 정말이라면 엄청난 축복이잖아?"

빌은 흥분했다. 다른 사람이 말했다면 헛소리 말라고 했겠지만, 지호는 실제로 여러 번 그를 놀라게 만든 장본인이었다. 믿음 그 뒤에 찾아오는 감정은 허무함이었다.

"하, 나도 그렇게 발상이 떠올랐으면 좋겠다."

순간 지호는 스스로에게 질문을 던졌다.

'정말 내 능력이 축복일까? 글이 써지지 않는다면 과연 어떤 기분이 들지……'

생전 처음으로 이런 생각을 해보았다.

단 한 순간 떠올리는 것만으로도 끔찍했다.

만약 영원히 그런 고통 속에서 살아야 한다면 우울증에 빠지거나 폐인이 되어버릴지도 몰랐다.

*　　　*　　　*

영국국립영화학교(NFTS) 총장 마크 파월은 개학 첫날 학교로 출근했다. 그는 연출과 교수들과 한자리에 모여 입을 열었다.

"우리는 제작사의 요청대로 게시물을 붙여주긴 했지만 그럼에도 불구하고 '미스터 블루'는 정체를 밝히지 않았습니다. 그리고 난 '미스터 블루'의 프라이버시를 존중할 생각입니다."

"총장님, 놈은 우리 학교의 이름을 걸고 제작사의 관심을 끌었습니다. 이는 우리 학교의 명예가 달린 문제이기도 합니다."

"그건 그래요. 우리 학교의 명예를 빛내주고 있더군요."

"총장님!"

"'미스터 블루'가 본교의 재학생인지 아닌지, 그건 중요치 않습니다. '미스터 블루'가 자신의 이름을 밝히지 않는 이상 반응하지 않겠다는 뜻입니다. 지금부터는 '미스터 블루'를 찾아달라는 요청도 거부하도록 하세요."

마크 파웰은 쉴 틈 없이 말을 이었다.

"아, 그리고 교수님들께서는 이번에 한국에서 교환학생으로 온 신지호 학생을 좀 지켜봐주셨으면 합니다."

"그 학생에게 특이한 점이라도 있나요?"

"그가 이곳에 오기 전에 만든 영화가 한국 영화계에서 주목을 받고 있다고 합니다. 그래서 교환학생으로 선발됐을 당시 보내온 영상도 다시 한 번 돌려봤고……."

모두 궁금한 표정을 짓자 마크 파웰이 말을 이었다.

"조금 놀랐습니다. 각본은 물론 카메라, 조명, 음향, 의상, 미술, 배우 캐스팅까지 뭐 하나 빠지는 구석이 없더군요. 실은 '미스터 블루'의 정체도 이 학생이 아닐까 짐작하고 있습니다."

Chapter 4
한국에서 온 풍운아

교수진과 회의를 마친 마크 파웰은 잭 앤더슨의 커피숍으
로 갔다.

  그는 두툼한 코트와 목도리, 장갑을 벗으며 말했다.

  "나 왔네, 잭."

  "마크! 드디어 새 학기가 시작되었군요."

  반색을 띤 잭은 잠시 후 따뜻한 원두커피를 내왔다.

  "언제나처럼 케냐산입니다."

  "고맙네, 향이 아주 좋군."

  "하하, 감사합니다."

잭이 맞은편에 앉자 마크가 눈을 빛내며 본론을 꺼냈다.

"사실 오늘은 자네에게 물어보고 싶은 게 있어서 찾아왔네."

"저한테요?"

되묻은 잭의 머릿속으로 잘생긴 동양인 젊은이 한 명이 떠올랐다. 바로 지호였다.

'이거 난처하게 생겼군.'

그때 고개를 끄덕인 마크가 말했다.

"얼마 전 규모가 큰 제작사 세 곳에서 일제히 연락을 해왔네. 본교 소속이라고 밝힌 익명의 각본가를 찾아달라는 요청이었어. 온라인과 오프라인상에 모두 게시물을 올리면서까지 찾는다고 찾아봤지만 허사였네."

"음… 그런 일이 있었군요."

"그래, 그런데 내게 다시 연락이 왔네. 제법 중책을 맡고 있는 제자들과 연이 있는 프로듀서가 직접 이메일을 보냈더군. 익명의 각본가가 다시 편지를 보내왔는데, 이번에는 편지에 적힌 발신지가 이곳이었다고 말이야."

"글쎄요, 마크… 자신의 정체가 밝혀지는 것을 원치 않아서 익명으로 각본을 보낸 게 아닐까요?"

"아, 물론 그랬겠지. 억지로 알아낼 마음은 없네. 그건 남의 집 문을 부수고 들어가는 것과 같으니까."

대답한 마크는 푸근한 미소를 띠며 덧붙였다.

"그저 내가 자네에게 묻고 싶은 건 그 각본가가 우리 학교 소속이 맞는지, 또 신분을 밝히지 못할 만한 이유가 있는 건지 알고 싶을 뿐일세. 예를 들면, 범죄자라든가."

잭은 대답 대신 껄껄 웃었다.

"이 평화로운 마을에 범죄자는 어울리지 않습니다. 마크, 제 친구들이 근무하는 곳에 누가 될 것 같았으면 제가 먼저 나섰을 겁니다."

"하긴, 그랬겠지. 내가 공연한 걱정을 했군!"

유쾌하게 수긍한 마크가 이어 말했다.

"잭, 자네에게 하나만 부탁하지. 그런 재능을 가진 친구가 왜 자신의 재능을 숨기고 있는지 한번 물어봐 주게."

직업병이라면 직업병이었다. 마크는 숨은 천재의 재능을 키워주고 싶었다.

'빛을 두려워하는 아이를 동굴 속에서 갑자기 끄집어낸다면 눈이 멀어버리고 말겠지.'

왜 빛을 두려워하는지 알아내는 게 먼저였다.

깊은 표정으로 묵묵히 커피 잔을 들어 올리는 마크를 보며 잭이 존경 어린 목소리로 대답했다.

"대답을 얻을 수 있다고 약속은 못 하겠지만 꼭 물어는 볼게요. 마크."

　　　*　　　　*　　　　*

　그 시각 대한민국 서울.

　졸업을 앞둔 유나의 생활은 완전히 달라졌다.

　창문으로 내다본 집밖은 일견 한적해 보였지만 취재진이 곳곳에 숨어 있을 터였다.

　'나한테 이런 일이 생길 줄이야.'

　어제 일이 떠오른 유나는 초조한 얼굴로 손톱을 물어뜯었다.

　잠시 집 앞에 나갔을 때였다. 갑자기 반대편 도로에 주차된 차량 뒤편에서 연예부 기자 한 명이 나타났다. 화들짝 놀란 유나가 뒤도는 순간 분리수거함 안쪽에서 또 한 명이 튀어나왔던 것이다.

　유나가 비명을 내질렀고 기자들은 철수했다. 그리고 그 사건 이후 그녀는 정문으로 걸어 나가면 안 되겠다는 교훈을 얻게 되었다.

　"휴."

　그녀는 나직이 한숨을 내쉬었다.

　이게 전부 한 사람 덕분이었다.

　'신지호.'

정작 당사자는 멀리 영국에서 편안하게 학교생활을 하고 있을 것이다. 하지만 한국에 남겨진 〈부산〉은 무서울 정도로 인기몰이를 하며 배우들의 삶을 완전히 뒤바꿔 났다.

그 순간 손에 쥐고 있던 휴대폰에서 진동이 울렸다.

지이잉— 지잉.

유나가 전화를 받자 수화기 반대편에서 용빈의 목소리가 들려왔다.

―좀 어때?

"알면서 뭘 물어? 어제 심장 멎을 뻔한 뒤로는 집에서 한 발자국도 나가고 싶지 않아졌어."

―데리러 갈까? 난 솔직히 기분 좋은데. 배우가 되려면 이런 상황도 즐길 줄 알아야 한다고.

용빈은 유독 긴장했던 〈부산〉 촬영 때완 달리 본래의 모습으로 돌아와 있었다.

든든한 기분이 든 유나가 대답했다.

"…그럼 오든가?"

―오케이! 바로 갈게, 집에서 딱 기다리고 있어라. 이 오라버니가 금방 데리러 갈 테니!

전화를 끊은 유나는 방을 나섰다. 그녀는 1층에 위치한 드레스 룸으로 내려가다 말고 비명을 질렀다.

"꺄악!"

바로 어제 분리수거함 안에서 튀어나왔던 남자가 말끔한 정장 차림으로 거실 소파에 앉아 있었기 때문이다.

순간 불청객을 들인 장본인이 부엌에서 주스 두 잔을 들고 걸어 나오며 활짝 웃었다.

"허허… 우리 공주님! 일어났구나."

"아빠, 저랑 얘기 좀 해요."

유나는 억지로 표정 관리를 하며 말했지만, 최태식은 쉽게 걸려들지 않았다.

"우리 가족이 집 안에서 천둥벌거숭이처럼 다니는 것도 아니고… 기자님이 며칠 밤낮을 고생하시기에 잠깐 목이라도 축이시라고 들인 게다. 어렵지 않은 일로 서로 도움이 될 수 있다면 얼마나 좋은 일이니?"

유나는 눈동자를 위로 뜨며 혈압이 올라 쓰러질 것 같은 표정을 지었다. 그러나 건강한 몸이 따라주지 않았다.

소파에 다소곳이 앉아 있던 기자가 눈치를 살피며 조심스레 말했다.

"반갑습니다. 저는 '연예가소식'의 이상민 기자라고 합니다. 어제는 최유나 씨를 놀라게 하려는 목적이 아니었습니다. 분리수거함에 들어가 있었던 건… 다른 팀원들이 새벽까지 기다리다 돌아간 상황이라, 잠시 1월의 찬바람을 피하기 위한 것뿐이었습니다. 물론 중간에 잠이 들어버렸지만."

"무슨 파파라치도 아니고, 정식으로 인터뷰 요청을 하시면 되잖아요?"

"물론 그렇습니다만 모든 인터뷰 요청을 거절하셔서요. 〈부산〉의 다른 배우들은 인터뷰에 전부 응한 상황입니다. 또 저희 회사가 좀 작은 연예지라서. 양해 부탁드립니다."

조금 큰 규모의 회사는 이름값을 위해서라도 이런 방식의 취재는 하지 않는다. 하지만 작은 회사는 이런 식으로라도 취재를 하지 않으면 특정을 다른 회사에 모조리 빼앗겨 버리게 되는 것이다.

물론 유나가 그 바닥 생리까지 배려해야 될 의무는 없었으나, 최태식의 생각은 조금 달랐다.

'이런 집요한 놈이랑은 좋은 관계를 맺어두는 편이 나중이라도 도움 된다.'

그는 모처럼 강력하게 말했다.

"기왕 이렇게 된 거, 잠깐 인터뷰하자. 지금은 이 애비가 네 매니저 아니냐?"

"하하하… CYN 엔터테인먼트 회장님이 매니저시라니… 유나 씨는 꼭 성공할 겁니다! 반드시요!"

이상민의 아첨에 최태식이 껄껄 웃었다.

결국 유나는 할 수 없이 소파에 앉았다.

"…약속 있으니까 빨리 끝내죠."

"하하! 감사합니다, 유나 씨! 금방 끝나니까 편하게 대답해 주세요."

이상민은 수첩을 펼쳐 들고 또박또박 질문을 던졌다.

"유나 씨는 신지호 감독님에 대해 어떻게 생각하는지 궁금합니다."

그러자 곁에 있던 최태식이 시어머니 노릇을 했다.

"응? 왜 첫 질문부터 감독 얘기가 나옵니까?"

"그게, 대표님… 인터넷을 보면 아시겠지만 〈부산〉 배우들이 인터뷰 때마다 침이 마르도록 신지호 감독 칭찬만 주구장창 해대는 통이라서요."

"에헴!"

헛기침을 한 최태식이 빠지자 이상민은 다시 유나에게 시선을 돌렸다.

그런데, 그녀 역시 전에 비해 흥미가 동한 표정을 짓고 있는 게 아닌가.

"지호는 고등학교 때도 같이 영화를 했었어요. 〈완벽한 인생〉이란 영화였죠."

"아, 미장센 영화제에서 최우수상을 탔던 단편 말씀이시군요?"

"네, 그때 이후로 제 성격이 많이 변했어요. 더군다나 이번 영화에서는 제가 바라던 연기를 할 수 있게 됐죠. 그는 저한테 누구보다 고마운 사람이에요."

"〈부산〉의 배우들 중 대부분이 신인이고, 몇몇 조연 분들만 무대에서 이름이 알려진 분들이셨습니다. 이번 영화가 상업화 되면서 단숨에 주목받게 되었는데요. 소감 한 말씀 해주시겠 어요?"

"하루아침에 너무 많은 게 달라져서 어리둥절하죠, 뭐."

"기쁘진 않으신가요?"

"글쎄요⋯ 저도 여배우를 꿈꾸는 사람으로서 기뻐요. 다만 분리수거함에 숨어 계시는 기자님이나, 그런 점들이 당황스러 울 뿐이죠."

"하하하."

딱딱하게 웃은 이상민이 신속하게 화제를 돌리며 물었다.

"자, 그럼 한국예대 이야기를 잠깐 해보겠습니다. 졸업 전 소속을 가지거나 학교 작품을 제외한 공식적인 배우 활동을 할 수 없다는 교칙 때문에 많은 기획사들이 눈에 불을 켜고 있는데요. 유나 씨는 아버님이 대표로 계신 CYN 엔터테인먼 트로 들어갈 예정인가요?"

"그 부분에 대해선 아직 생각해 본 적 없어요."

"역시⋯ 〈부산〉 주연배우들은 한 가족 같군요! 신지호 감독 님에 대한 부분이나 향후 활동 계획 모두 같은 답변을 내놓았 습니다. 그럼, 마지막으로 질문하겠습니다."

이상민은 이내 흥미진진한 얼굴로 물었다.

"〈부산〉은 현재 상업 영화로서 흥행 가도를 달리고 있습니다. 초저예산으로 제작되었고, 맨 처음 단 한 개의 독립 영화 상영관에서만 개봉했던 영화가 관객들이 작품을 계속 찾는 바람에 확대 개봉되었죠. 그리고 현재는 매일같이 입소문이 퍼지면서 전국으로 뻗어 나아가고 있습니다. 이런 상황을 지켜보는 최유나 씨의 심정은 어떠실지 궁금한데요?"

"음… 전 이 모든 상황이 익숙하지 않아요. 〈부산〉이란 영화가 알려지면서 인터넷을 보기 조심스러워지더라고요. 주변에서 성과가 좋다는 말을 들으면 기쁘지만 아직은 제 모습을 스크린으로 보는 것조차 낯설고, 실감도 잘 안 나요."

유나의 솔직한 대답을 들은 이상민은 의미심장하게 마무리 질문을 던졌다.

"마지막으로 하나만 더 질문하겠습니다. 교환학생으로 영국에 가신 신지호 감독님이 귀국하셔서 다음 작품을 제작하신다면 조건과 무관하게 참여하실 의향이 있으십니까?"

"너무 뻔한 말씀만 하시네요."

유나는 따분한 표정으로 대답했다.

"우리 중 누구에게 물어봐도 같은 대답을 했을 테고, 저도 마찬가지예요. 어떤 조건이든 그가 불러만 준다면 참여할 겁니다."

　　　　　*　　　　*　　　　*

　1월이 되자 영국국립영화학교(NFTS)에선 봄 학기가 시작됐다.

　지호는 각 과목별 교수 연설을 듣고 앞으로 진행될 학기 일정에 대해 오리엔테이션을 가진 뒤 기숙사로 돌아왔다.

　그는 방에 도착하자마자 메일함부터 확인했다.

　메일함에는 〈부산〉의 배급사 씨너스 필름으로부터 메일 한 통이 도착해 있었다.

　"내 작품이 50여 개 영화관에서 상영되다니… 워크숍 작품이 출세했네."

　아직 전국 모든 상영관에서 개봉한 건 아니었지만, 이만하면 대부분 지역에 들어갔다고 해도 과언이 아니었다.

　흡족하게 웃은 지호는 메일함을 열어봤다. 흥행 성과 등 영화와 관련된 소식들이 들어 있었다.

　기쁜 소식들로 눈요기를 하며 스크롤을 내리던 그는 문득 손가락을 멈췄다.

　'이건 또 뭐야?'

　메일에는 영화제 출품에 관한 내용이 포함되어 있었다.

배급사 씨너스 필름과 규정상 작품의 유통 권한을 가진 한국예술대학교
가 엄정한 평가를 내린 결과 〈부산〉을 베니스 영화제 예선에 출품하기로
결정하게 됐습니다.

1932년에 시작된 베니스 영화제는 매년 이탈리아 베네치아에서 열리는
가장 역사가 깊은 국제 영화제로, 예술영화를 지향하며 예선을 통과한 세
계 각국의 영화가 상영됩니다.

이때 각국의 배우·감독·프로듀서·기자 등이 참석하여 기자회견·리셉션 등
을 2주간에 걸쳐 열며 시기는 6월에서 9월 사이입니다.

본선에 진출할 경우 별도로 연락을 드릴 예정이며, 본선 진출 시 신지호
감독님께서는 영국국립영화학교(NFTS)측과 논의해 참석 유무를 밝혀주시
기 바랍니다.

〈부산〉이 베니스 영화제에 진출한다니!

비록 본선까지 올라가야 의미가 있는 일이지만 지호는 잠
시 배우들과 함께 레드 카펫을 밟는 상상을 해보았다. 그곳
에는 스크린으로 만나던 세계 각국의 유명 감독들과 배우들
도 참석해 있을 것이다. 꿈이라고 해도 깨고 싶지 않을 일이
었다.

그의 몽롱한 표정을 본 빌이 물었다.

"지호, 무슨 기분 좋은 생각이라도 해?"

"빌, 내가 한국에서 만들었던 워크숍 작품이 베니스 영화제

예선에 출품된대."

또 한 번의 놀라운 소식을 들은 빌은 무덤덤하게 고개를 끄덕였다.

"괜찮아, 이젠 익숙해. 네가 내일 저녁 아카데미 시상식에 참여하기 위해 미국행 비행기를 탄다고 해도 놀라지 않을 것 같단 말이지. 네가 하루하루 날 놀라게 하는 바람에 심장이 튼튼해졌거든!"

애써 태연한 척 말한 건지, 빌은 힐끔힐끔 눈치를 살피며 되물었다.

"설마 베니스 영화제 본선에서 수상이라도 하는 건 아니겠지?"

"에이, 아직 예선에 출품했을 뿐이야. 출품이야 아무나 할 수 있는 일인데, 왜 이렇게 속이 울렁거리고 심장이 떨리지?"

"정말 축하한다. 네가 곧 수상하게 될 거라서 미리 기시감을 느끼는 거야. 틀림없어!"

달리 말해 지호가 느끼는 흥분이 데자뷔 현상이다, 이 소린데. 그는 진심으로 축하해 주는 빌을 보며 살짝 웃었다.

"항상 응원해 줘서 고마워, 빌."

그는 마음을 진정시키며 속으로 다짐했다.

'우선 당분간은 잊고 지내자. 지금은 학교생활에 집중할

때야!'

이제부터 외국에서의 본격적인 대학 생활이 시작된다. 새로운 친구들과 함께 생활하고 새로운 문화와 방식을 경험하게 될 것이다. 지호는 그 모든 것들에 대해 두려워하기보단, 크나큰 설렘을 품었다.

*　　　*　　　*

케냐 출신의 영국 국적을 소유한 말라이카 팔빈은 흑진주를 연상시키는 아름다운 여성이었다.

그녀는 어려서부터 유명한 모델로 활동해 왔다. 때문에 NFTS 내에서도 스타 취급을 받았으며 현재는 미적 감각과 외모를 살려 연출과 연기를 배우고 있었다.

말라이카는 얼마 전 수업 때 〈블랙우드〉란 영화를 보았다. 같이 본 학생들 대부분이 호평을 쏟아냈지만 그녀의 소감만큼은 달랐다.

〈블랙우드〉는 한국 문화에 무지한 주인공 우드의 모습을 희극적으로 그려낸 영화였다. 그런데 굳이 내용과 상관도 없는 '블랙'이라는 단어를 제목에 포함시켰다는 점이 말리이카의 심기를 건드린 것이다.

그녀는 이 영화를 보고 마치 흑인 전체를 '멍청하고 우스꽝스럽다'고 풍자하는 듯한 느낌을 받았다. 지호가 우드에게 보내는 친근감 표시라는 것을 모른다면 충분히 할 수 있는 오해였다.

"이건 말도 안 돼. 편협한 영화를 찍는 멍청이랑 한 공간에서 강의를 듣게 되다니!"

말라이카의 불만을 접한 동기들이 조심스레 말했다.

"난 굉장히 재치 있는 단편으로 봤는데… 너무 확대해석 하는 거 아니야?"

"맞아. 내 웃음 코드는 아니었지만 색감이나 기법만으로도 보는 맛이 있었어."

"음, 나도. 광고나 뮤직비디오가 떠오르더라. 센시티브해. 마치 웨스 앤더슨이나 자비에 돌란의 영화를 보는 느낌이랄까?"

극찬이 되돌아오자 말라이카는 코웃음을 쳤다.

"뭐? 웨스 앤더슨, 자비에 돌란? 세계에서 가장 스타일리시한 감독과 칸의 총아를 누구랑 비교해?"

그녀의 말처럼 웨스 앤더슨(Wes Anderson)과 자비에 돌란(Xavier Dolan)은 모두 독보적인 미적 감각과 기발함이 엿보이는 각본을 쓰는 천재들이었다.

'난 인정 못 해. 아니, 안 해!'

말리이카는 고집스럽게 결심했다.

그때 동기들 중 한 명이 강의실 입구를 눈짓하며 외쳤다.

"왔다! 화제의 교환학생!"

*　　　　*　　　　*

문턱을 넘은 지호는 강의실 내부를 둘러보았다. 한국에서 보던 것과는 완전히 다른 풍경이 펼쳐져 있었다.

자신을 제외하면 동양인은 한 명도 보이질 않았다.

"아무래도 동양인은 나뿐인 것 같네."

곁에 있던 빌이 그 말을 듣고 지호의 어깨를 잡아주며 격려했다.

"국적이 다른 건 나도 마찬가지야."

그는 지호가 소외감을 느끼고 있다고 생각했지만 실상은 정반대였다. 정작 지호는 서퍼가 파도를 맞이하는 심정으로 닥친 상황을 즐기고 있었던 것이다.

"일단 들어가자."

지호는 성큼성큼 들어가서 빈자리에 앉았다. 그러자 주위 시선이 집중됐다. NFTS에서 보기 드문 동양인이라는 이유도 있겠지만, 훤칠한 미남이라는 점이 더 큰 이유였다.

"와우! 말로만 듣던 교환학생? 길 잘못 든 거 아니야?"

"우리 학년은 한국인이라던데. 원래 한국 사람이 잘생겼었나?"

"안 그래도 이번에 쓴 각본 주인공이 쿵푸를 하는데… 주연 배우로 삼고 싶군. 저 정도면 기꺼이 종목을 태권도로 바꾸겠어!"

학생들은 하나같이 수군댔다.

말리아카를 중심으로 한쪽에 모여 앉은 동기들 역시 한마디씩 했다.

"소문대로 심상치 않은데?"

"말라이카랑 사귀면 잘 어울리겠어. 후후."

"맞아. 선남선녀잖아?"

팀원들이 짓궂게 둘을 엮자 말리아카는 미간을 찌푸렸다.

"존, 프레디, 버니. 좀 닥쳐."

세 사람이 조용해지자 말라이카는 몸을 일으켜 지호에게 천천히 다가갔다. 강의실 모든 이들의 시선이 그녀의 동선을 따라 움직였다.

이내 175센티의 큰 키로 지호 앞에서 버티고 선 말라이카가 입을 열었다.

"네가 〈블랙우드〉의 제목을 붙인 장본인 맞지?"

날카로운 어감에 지호는 어리둥절했다.

"맞아. 근데 그건 왜?"

"나는 네 영화에 문제가 있다고 생각해."

말라이카는 서슴지 않고 덧붙였다.

"〈블랙우드〉란 제목의 의미가 뭐지?"

"우드는 날 도와서 촬영에 열심히 임해준 배우야. 〈블랙우드〉란 제목은 그에 대한 친근감과 존중의 표시고."

"인종적 풍자가 섞인 코미디가 아니고?"

그녀의 일침에 지호는 뒤통수를 한 대 맞은 것처럼 얼빠진 얼굴을 했다.

'내 영화에 인종적 풍자가 있다고?'

꼭 흑인을 겨냥한 것은 아니었다. 그저 다른 문화를 접한 외국인의 반응을 우스꽝스럽게 푼 것뿐이었으니까. 그런데 생각해 보니 보는 사람의 관점에 따라서 불쾌할 수도 있을 것 같았다.

그때 말라이카가 추궁하듯 물었다.

"그런 의도가 없었다면 왜 보란 듯이 제목에 주인공이 흑인이란 걸 강조한 것처럼 굳이 '블랙'이라는 단어를 사용한 거지?"

명백한 실수였다. 아차 싶은 지호가 뜸들이고 있는 찰나 입꼬리를 말아 올린 말라이카가 말을 이었다.

"난 인종 문제에 대해 관심이 많아. 한 번은 SNS를 보는데, 한국의 어떤 개그 프로그램에서 얼굴에 검은 분장을 하고 원시인 흉내를 내는 장면이 나오더군. 미국에선 흑인 학대의 역사를 연상시킨다는 이유로 금기시된 관행이지만 한국인들은 전혀 신경 쓰지 않았어. 악의 없는 농담이었다, 한국은 그 같은 인종적 역사를 겪지 않았다는 이유로 마음껏 인종적 정형화를 시키는 거야. 너 역시 '그런 의도가 아니었다'는 말 한마디로 넘어가려 하고 있잖아?"

"네 말이 맞는 것 같다."

지호는 자신의 실수를 깔끔하게 인정했다.

"내 실수였어. 학교 측에 제목 수정 요청하고 학교 게시판을 통해 공식적인 사과문을 게시할게."

말라이카는 일순 말문이 탁 막혔다. 상대가 이토록 순순히 나올 줄은 전혀 짐작하지 못했기 때문이다.

'뭐야? 정말 다른 의도가 없었던 건가? 진짜 배우에 대한 친근감의 표시였던 거야?'

적극적인 태도에 도리어 민망해진 그녀가 말을 더듬었다.

"그, 그래 뭐… 악의가 없었다면 다행이네. 나도… 너무 격하게 반응했던 것 같아. 미안해."

"천만에, 오히려 내가 미안하지."

지호가 부드럽고 침착한 어조로 대답했다.

순간 말라이카는 얼굴이 화끈 달아올랐다.

'내가 오해했던 것처럼 편협한 녀석이 아닐지도……'

그녀는 서둘러 자리로 돌아갔다.

상황을 지켜보던 동기들이 떠들썩하게 웃었다.

"세상에! 작정하고 달려드는 말라이카를 꼼짝 못하게 만들다니."

"내가 말했지? 보통 녀석이 아니라니까?"

"맞아… 여자의 마음을 휘어잡는 당당함이 있어."

말라이카는 그들을 나무랄 생각도 못한 채 곁눈질로 지호의 진지한 얼굴을 훔쳐보았다.

'진심인가 봐. 정말 모르고 한 실수인 것 같은데.'

한편, 지호는 만만치 않은 충격을 받은 상태였다.

'이런 경솔한 실수를 저지르다니.'

이는 영화를 만드는 사람이라면 범하지 말아야 할 실수였다. 고뇌에 잠긴 지호의 모습을 걱정스레 바라보던 빌이 밝게 말했다.

"에이, 다 배우는 과정이잖아? 원래 영국 여자들은 드세기로 유명하다고."

지호는 미소를 띠며 대답했다.

"괜찮아. 이미 내 영화를 본 사람들한테 미안할 뿐이야. 그렇게 생각한 사람이 방금 왔던 여자애만은 아닐 테니까."

"응? 설마, 말라이카 팔빈을 몰라?"

"말라이카 팔빈?"

"응, 방금 너한테 왔던 여자! 지금은 영화감독을 지향하고 있지만 유럽에서는 꽤나 유명한 모델이라고. NFTS의 명물이기도 하지."

"아, 그래?"

지호는 새삼 말라이카를 보았다.

순간 자신을 보고 있던 그녀의 시선과 마주쳤다. 그녀는 깊은 갈색 눈동자를 소유하고 있었다.

'어쩐지 늘씬하다 했어.'

이내 말라이카가 시선을 돌렸다.

지호는 빌에게 말했다.

"모델 겸 영화감독이라… 멋진데?"

"음, 영화감독보단 미술감독이 되고 싶어 한다고 들었어. 미적 감각이 NFTS 내에서도 탑이라고 하더라고."

"도대체 그런 정보는 어디서 얻은 거야?"

"그야 SNS지! 지호 넌 계정도 없다지만 요즘 대부분은 SNS 활동을 한다고. 알렉스 퍼거슨(Alex Ferguson) 감독이 'SNS는 인생의 낭비'라고 했지만, 솔직히 난 우리 같은 사람들에게는 필요하다고 봐. 타인이 촬영한 사진이나 동영상에서 그들의 경험을 엿보기도 하고, 영감을 얻을 수도 있으니까."

"뭐, 그것도 일리가 있네."

고개를 끄덕인 지호가 머쓱하게 웃었다.

"그래도 난 보류할래. 지금은 일단 내가 보고 느끼는 것들만으로도 충분히 풍족하거든."

"하, 완전 부럽다… 하긴, 각본 쓰는 것만 봐도 딱 알지."

빌은 지호가 진심으로 부러웠다. 머리에서 무한한 상상력이 맴돈다면 어떤 기분일까?

그때, 닉 바우만 교수가 들어왔다.

"반갑습니다!"

우렁차게 학생들에게 인사를 건넨 그는 조용해지는 것을 잠시 기다렸다가 말을 이었다.

"저는 여러분들과 소통할 생각에 아침부터 기분이 매우 좋았습니다. 여러분도 저와 같이 설레는 마음으로 제 강의를 들어주셨으면 합니다. 오늘부터 저와 함께 공부할 과목은 바로 '연기 연출'입니다."

모든 학생들이 기대감에 두 눈을 반짝이고 있었다.

그중 교환학생인 지호와 빌은 더욱 가슴이 벅차올랐다.

빌이 흥분한 채로 속삭였다.

"맙소사, 믿겨져? 닉 바우만이 전공과목 교수라니!"

닉 바우만은 80년대 유명한 감독이자 배우였다. 영화를 사랑하는 사람이라면 한 번 쯤은 그의 영화를 보았을 것이다.

그건 지호 역시 마찬가지였다.

"이런 영광스러운 기회가 올 줄이야."

영국국립영화학교(NFTS)의 위엄이 새삼 와 닿는 대목이었다.

닉 바우만은 학생들을 둘러보며 재차 입을 열었다.

"제가 감독으로서, 배우로서 모두 살아보며 느낀 점은 영화가 감독의 예술이라는 사실입니다. 할리우드의 많은 톱 배우들에게 작품 선택 기준을 물어보면 '감독 이름을 보고 결정한다'고들 합니다. 그리고 그렇게 말한 이들은 작품 운이 굉장히 좋았던 배우들이죠. 결국 영화의 생사가 각본을 쓰고, 현장을 통제하고, 필름을 편집하는 감독의 손에 달렸다는 뜻입니다."

일장 연설이 끝나자마자 우레와 같은 환호성과 박수 소리가 터져 나왔다. 영화감독을 꿈꾸는 이들에게 영화감독이란 직업의 존엄을 말하는 것은 호응을 얻을 수 있는 가장 간단한 방법이었다.

'엄청난 카리스마를 가진 사람이야.'

그것이 지호가 본 닉 바우만의 첫인상이었다.

닉 바우만은 좌중을 휘어잡는 폭발력이 있는 사람이었다. 계속 움직이며 말을 뱉던 그는 마침내 교탁 앞에 멈춰 서서 특유의 힘찬 소리를 냈다.

"좋습니다. 열의가 아주 대단해요! 이제부터 우리는 옆 사람과 연기를 해볼 겁니다. 1학년 땐 연기 연출 과목을 듣지 못했을 거예요. 즉, 우리 모두 연기를 해본 적이 없는 초보라는 뜻입니다. 그러니 부담 갖지 말고 상황극을 해보세요. 어떤 상황이라도 좋습니다."

말이 떨어지기 무섭게 학생들이 수군대기 시작했다. 대부분 장난스러운 말투거나 웃음소리였다.

그럼에도 닉 바우만은 학생들을 그대로 내버려 두었다. 그는 애초부터 연기가 처음인 학생들이 진지한 연기를 보여줄 거라고 생각하지 않았다.

'분명 지금 상황이 낯간지럽고 우습겠지. 그렇지만 진지한 태도로 연기를 시작하는 게 얼마나 어려운 일인지 알 수 있을 게야.'

대부분의 학생들이 상황을 정해놓고도 첫 대사조차 주고받지 못했다. 한 명이 잘하면, 다른 한 명이 웃음을 터뜨리게 되는 것이다.

반면 모델 출신인 말라이카는 다른 이들과 달리 능숙한 솜씨로 연기를 해 보였다. 마주보고 있는 학생의 얼굴이 붉게 달아올랐지만 그녀는 신경조차 쓰지 않고 자신의 연기에 집중했다.

닉 바우만은 흐뭇한 얼굴로 두 학생에게서 눈길을 돌렸다.

'배우들이 연기를 할 때 어떤 기분인지도 알아야 돼. 창피하고 부끄럽고, 발가벗은 듯한 느낌을.'

그 순간 뜻밖의 광경이 눈에 들어왔다.

한 동양인 학생이 텅 빈 동공으로 무어라 말하고 있었다.

그때, 반대편 백인 학생의 푸른 눈에 물기 맺혔다.

'허… 울고 있어? 연기가 제법이구먼.'

그러나 놀라움은 이제 시작에 불과했다. 백인 학생이 닭 똥 같은 눈물을 뚝뚝 흘리며 호소하듯 대답하고 있었던 것이다.

동양인 학생 역시 진지한 표정으로 임하고 있었다.

'저 둘만 보면 배우 수업으로 착각하겠어.'

닉 바우만은 자신도 모르게 두 사람을 향해 다가갔다.

도대체 무슨 연기를 하는지 궁금했기 때문이다.

그리고 가까이 갔을 때, 고개를 파묻은 채 두 눈이 퉁퉁 붓도록 울고 있는 백인 학생과 묵묵히 그를 바라보는 동양인 학생을 볼 수 있었다.

그 찰나 백인 학생이 흐느끼듯 말했다.

"뭐야… 난 또 진짠 줄 알았잖아……! 으흐흑!"

그가 기어들어 가는 목소리로 덧붙였다.

"완전 속아버렸어……."

이후에도 감정이 주체가 안 되는지 계속 흐느꼈다.

두 사람을 가만히 지켜보고 있던 닉 바우만은 지금 상황을 추측해 보았다.

'설마… 둘이 연기를 주고받고 있었던 게 아니었어?'

이내 지호의 얼굴을 본 그는 확신할 수 있었다.

'지금 연기를 하고 있는 건 이 녀석 한 명이다. 상대는 연기에 속아서 운 것뿐이야.'

결론 내린 닉 바우만이 물었다.

"자네, 이름이 뭐지?"

"아! 신지호라고 합니다."

지호 역시 격해진 감정을 다스리며 차분하게 덧붙였다.

"이번 학기에 한국에서 교환학생으로 왔습니다."

지호의 소개가 끝나기 무섭게 닉 바우만은 NFTS 총장 마크 파웰의 말을 떠올렸다. 그는 교수들에게 한국에서 온 신지호라는 학생을 주의 깊게 지켜보라고 했었다.

'이 녀석이 미스터 블루일 수도 있다고?'

만약 그렇다면 천재적인 글솜씨를 가졌다는 의미다.

그런데 연기에도 재능을 보이고 있다?

'하긴, 모든 예술은 일맥상통하니 영 말이 안 되는 것만은 아니지.'

자신 역시 한때 제작, 기획, 각본, 연출, 연기까지 모두 도맡아 했던 적도 있었다. 끔찍할 정도로 바빴지만 제법 흥행까지 했었다.

잠시 옛일을 떠올린 닉 바우만은 머리 위로 손뼉을 쳤다.

"작년에는 볼 수 없었던 새로운 얼굴들이죠? 이번 학기에 교환학생으로 온 여기 두 학생이 멋진 연기를 보여주었습니다. 자, 학생은 이름이 뭐죠?"

"비, 빌 안데르센입니다. 교수님."

옅은 미소를 띤 닉 바우만이 물었다.

"그래요, 빌. 혹시 이전에 연기를 배운 적이 있나요?"

빌은 촉촉한 눈가를 닦으며 고개를 저었다.

"아뇨, 처음입니다. 그리고 연기한 게 아니고 진짜 울음이 터진 거예요."

"이런. 왜 울었죠?"

"아, 그건… 지호에게 속아버렸거든요."

모든 학생들이 짙은 의문이 담긴 표정을 짓고 있었다.

빙그레 웃은 닉 바우만은 지호에게 시선을 돌렸다.

"빌을 뭐라고 속였습니까?"

"제가 불치병에 걸린 학생을 연기했습니다."

"불치병이라… 빌이 깜빡 속았나 보군요. 어떤 생각으로 설정한 배역입니까?"

"음, 처음에는 아무 생각 없이 떠오른 대로 연기했습니다. 어차피 연기자의 입장을 체험해 보는 시간 같았거든요."

"그런데요?"

"막상 연기를 시작하니 머릿속이 하얘졌어요. 제가 생각해

낸 배역은 마지막 꿈을 이루기 위해 이곳에 입학했지만, 그 이상 미래를 꿈꿀 수 없다는 현실에 직면한 상황이죠. 그는 친구를 붙잡은 채 신을 원망하고 남겨진 가족들을 부탁했습니다. 전 공감할 수 있었어요."

"완전히 몰입했던 것 같군요. 지호 학생도 연기가 처음인가요?"

"네."

그 순간 학생들이 술렁였다.

닉 바우만과 지호의 대화를 들으며 가장 충격을 받은 건 말라이카였다.

'거짓말! 연기를 배운 적도 없으면서 상대까지 몰입시켰다고?'

연기하는 장면을 놓친 게 한스러웠다. 그녀는 연기를 배워 본 사람으로서 선뜻 믿기지가 않았다. 자신이 이곳에서 가장 돋보이는 실력을 보여줄 수 있다고 내심 기대하고 있었던 것 때문만은 아니었다.

빌이 바보가 아니라면 불치병이란 사실을 믿게 만든 지호가 천재였다. 빌을 포함한 이 자리 모두가 상황극임을 인지하고 있었기 때문이다.

한편 닉 바우만은 어느 정도 현 상황을 납득하고 있었다.

'처음에는 빌 자신도 반신반의했겠지. 그러다 감정이입이 돼

서 넘어가 버린 게야. 저 녀석도 어지간히 감수성이 풍부한 녀석이군.'

빌과 지호를 어느 정도 파악한 그가 학생들을 둘러보며 매듭을 지었다.

"매번 연기를 잘하는 배우를 상대할 순 없어요. 보석처럼 빛나는 실력을 가진 배우가 굴러들어 오는가 하면, 관객에게 돈을 지불해야 할 만큼 어처구니없는 실력의 배우를 컨트롤해야 될 때도 있다는 의미입니다. 하지만 어떤 배우가 감독의 품에 들어왔든 감독은 연기 연출법을 통해 같은 결과물을 만들어낼 수 있어야 합니다. 가혹한 얘기지만 영화는 결과로 평가 받고, 아무도 사정을 봐주지 않습니다."

학생들은 긴장한 얼굴로 마른침을 꿀꺽 삼켰다.

잔뜩 겁을 준 닉 바우만이 씨익 웃으며 말했다.

"따라서 이제부터 여러분이 고민해 봐야 할 숙제는 배우 간의 리액팅(Reacting)을 통해 연기력을 일시적으로나마 올리는 방법입니다."

*   *   *

"굉장했어!"

빌은 완전히 매료된 것처럼 얼굴이 빨개져서 흥분했다.

지호 역시 빙그레 웃으며 동조했다.

"맞아. 영화계를 주름잡던 분들더라."

그쯤 되니 콧대 높은 할리우드 배우들이 찍 소리도 안 하고 고분고분 말을 따랐을 것이다. 감독은 다양한 방식으로 배우를 다루지만, 모든 건 카리스마가 내재돼 있을 때에나 가능하다.

'우린 아직 풋내기야.'

지호는 한참을 올라가야 정상에 도달할 수 있는 산을 마주한 기분에 가슴 벅찬 경외심과 설렘이 뒤엉켜 요동쳤다. 한편으로 먼저 앞서간 이의 발자국을 좇는 것처럼 동질감이 들고 마음 한구석이 안정되기도 했다.

그때, 말라이카가 두 사람에게 다가왔다.

"연기 제법이더라."

그녀는 전에 비해 누그러져 있었다. 하지만 지호를 의문 덩어리로 보는 건 그때나 지금이나 같았다.

"그리고… 혹시 실례가 안 된다면 교수님이 감탄하셨던 네 연기, 나도 한 번 볼 수 있을까?"

"말라이카 팔빈이라고 했지?"

지호가 묻자 말라이카가 고개를 끄덕였다.

그는 이내 말을 이었다.

"음… 미안, 말라이카. 실은 아까도 몰입하기 전까진 굉장히 낯간지럽고 민망했거든. 그런 경험을 굳이 또 하고 싶진 않네. 지금처럼 복도 한가운데서는 더더욱 말이야."

뜻밖의 대답에 당황한 말라이카가 주변을 둘러보며 말했다.

"하긴, 내가 봐도 장소 선정이 썩 좋진 않은 것 같네."

그녀는 청바지 뒷주머니에 꽂아두었던 핸드폰을 꺼내 내밀며 덧붙였다.

"너만 괜찮다면 앞으로 친하게 지내고 싶어."

"응, 좋아."

지호는 자신의 번호를 찍어주며 대답했다.

"그럼 앞으로 잘 부탁해."

그들은 다음 강의가 있는 음향 스튜디오로 갔다.

훌륭한 음향 기기들을 본 지호는 입이 절로 벌어졌다.

'한국예대에서 만지던 기기들과는 차원이 다르네.'

다양성과 성능 면에서도 비교가 안 됐다.

사운드 디자인(Sound design) 과목을 담당한 교수는 안경을 쓰고 머리가 반쯤 벗겨진 스티븐 짐머였다. 그는 40대 중반의 독일인이고 억양이 독특한 편이었다.

"반갑습니다! 여러분이 지금부터 배우게 될 과목은 아주 민감합니다. 여러분은 영화감독을 꿈꾸고 있지만, 완성도 높은 연출을 위해선 때때로 지휘자도 되어야 해요. 우리가 지휘할

악기는 바람 소리, 대화 소리, 자동차 소리, 라디오 소리 등 여러 가지 소리가 뒤섞여 있습니다. 그 소리를 하나씩 분류하고 정리해 내야 합니다. 등장인물들의 심리 상태, 관객에게 전달하고 싶은 느낌 등을 고려해야 하죠. 모든 소리를 세심하게 다루는 집중력이 필요합니다."

학생들은 스티븐 짐머의 지도하에 움직였다. 그는 역할을 분배해 주었다.

"일단 세 명씩 한 조로 실습을 해볼 겁니다. 두 명은 볼륨을 조절하는 사운드 테크니션(Sound Technician) 역할을, 나머지 한 명은 전체적인 조화를 고려하여 결정하는 감독 역할을 해보겠습니다."

실습 위주로 강의 시간이 채워졌다. 강의 내용은 일견 단순해 보였지만 정해진 공식이 있는 것이 아니었기 때문에 오히려 난해하게 느껴졌다.

공교롭게도 뭉쳐 있던 지호, 빌, 말라이카는 한 조가 되었다. 말라이카가 감독을 맡고 빌과 지호는 사운드 테크니션 역할을 맡았다. 세 사람은 의견을 하나씩 조율해 나갔다.

"이 부분에서는 긴장감이 고조되도록 발소리를 좀 더 크게 내는 게 어때?"

말라이카의 제안에 지호가 고개를 돌리며 되물었다.

"자칫하면 몰입이 깨질 수도 있을 것 같은데. 작은 게 더 낫지 않아?"

불꽃이 튀었다.

빌은 침을 꼴깍 삼키며 잠자코 있었다.

'둘 다 보통이 아니야!'

평소 고집이 센 말라이카에 비해 지호는 상대를 배려하는 편이었다. 그러나 두 사람 모두 영화에 관련된 부분에서만큼은 주관을 관철하려 했다.

"아니, 잘 살리기만 하면 관객이 느끼는 긴장의 끈을 당겼다 풀었다 하는 트릭(Trick)을 만들 수 있어."

"이건 스릴러나 호러 영화가 아니잖아."

이후에도 그들은 한참이나 발소리를 죽이네 마네 논쟁을 벌였다.

두 사람을 지켜보고 있는 학생들은 어리둥절했다. 모의 편집이고 실습일 뿐인데, 그들의 모습은 너무 진지했기 때문이다.

결국 스티븐 짐머가 나섰다.

"양쪽 의견 대립이 팽팽하군요. 여기서 중요한 건 기술만이 아닙니다. 여러분이 배워야 할 것은 의견을 절충하고 조율해 나가는 방법이기도 합니다. 앞으로도 매번 이런 시련에 부딪힐 겁니다. 상대의 마음을 돌려야 할 때도, 고집을 버리고 양보해야 될 때도 있겠지요. 영화는 종합예술입니다. 여러분들께 묻겠습니다. 이러한 의견 대립을 해결할 방법이 있다면 무엇일까요?"

한편 그 말을 들은 지호는 머릿속으로 지금 같은 대립이 발생했을 때 어떻게 대처해야 할지 생각해 보았다.

'물러날 수도, 무작정 밀고 나갈 수도 없어.'

한국에서 영화 촬영을 했을 땐 팀원들이 대체적으로 잘 따라주었다. 소소한 대립이 있었을 뿐, 큰 마찰을 겪진 않았던 것이다.

원인을 찾은 지호가 손을 들었다.

빙그레 웃은 스티븐 짐머가 물었다.

"말해보세요."

"네, 교수님. 팀원들을 선발할 때부터 조화로울 수 있을지 그 가능성에 대해 정확히 간파해야 한다고 생각합니다. 끝이 없는 의견 대립은 불필요한 감정 소모가 될 수 있으니까요."

"오호. 미연에 방지를 해야 한다?"

"네. 그렇습니다."

"그것도 하나의 해결책이 될 수 있겠네요. 또… 말라이카 팔빈?"

긴 팔을 쭉 뻗은 말라이카가 씨익 웃으며 발표했다.

"그런 식으로 사전에 다 걸러 버리면 진짜 실력자를 놓치게 될 수도 있어요. 실력자들은 자신의 실력에 대한 자부심만큼 주관도 뚜렷할 테니까요."

지호는 고개를 저으며 반론했다.

"서로 마음이 잘 맞는다면 고집을 피우지 않을 겁니다. 프로라면 현장을 총괄하는 감독을 존중하겠죠. 한국 속담에 '미꾸라지 한 마리가 물을 흐린다'는 말이 있습니다. 영화는 종합예술이고, 모두의 화음이 조화로운지가 개인의 실력보다 훨씬 중요하다고 생각합니다."

"팀원들이 조화로울지 어떻게 알고 뽑는다는 거죠? 자신이 저마다의 성향을 파악할 수 있다고 믿는 건가요?"

말라이카가 묻자 지호가 대답했다.

"아뇨. 성향을 일일이 파악할 수도 없을뿐더러 그럴 필요도 없습니다."

"그게 무슨……."

"좋은 영화를 만들고 싶다는 목적이 같다면 충분해요. 말했듯이, 작품에 대한 애정과 열정이 있는 사람이라면 애초부터 감독의 결정을 존중할 겁니다."

그 순간 스티븐 짐머가 끼어들며 상황을 정리했다.

"아주 중요한 이야기가 나왔군요! 맞습니다. 우리는 감독이 되어 팀을 만들 때에도, 혹은 누군가의 팀에 합류했을 때에도 작품을 옳은 방향으로 사랑할 줄 알아야 합니다. 영화는 결코 개인의 만족감을 채우기 위한 도구가 아니에요. 우리는 우리가 하고 싶은 이야길 세상 밖에 어떠한 방식으로 들려줄지에 대한 고민을 끊임없이 해봐야 합니다."

이후에도 학생들이 돌아가며 실습을 했다. 지호와 말라이카의 의견 대립이 있고 난 후, 학생들은 더욱 열띤 주장을 내세우기 시작했다.

스티븐 짐머는 곁눈으로 지호와 말라이카를 보았다.

그전까지 NFTS 영화과 1학년은 말라이카가 꽉 잡고 있었다. 그들은 올해 2학년이 됐고, 본격적인 영화제작에 들어갈 차례였다. 그런데 때마침 지호가 등장한 것이다.

'저 둘이 화합을 이루게 된다면 이번 학기에는 꽤나 재밌는 작품이 나오겠어.'

스티븐 짐머 입가에 미소가 번졌다.

*   *   *

강의를 마친 지호는 빌과 함께 잭 앤더슨의 커피숍으로 갔다.

마침 화단을 꾸미고 있던 잭이 두 사람을 반겼다.

"일찍 왔구나! 세 곳에서 모두 회신해 왔다."

"오, 진짜예요?"

빌이 신나서 대답했고 지호 역시 기대감에 물든 눈빛으로 변했다.

고개를 끄덕인 잭이 커피숍 안쪽에 위치한 책상 서랍에서 편지를 꺼내왔다. 각각 씬 크리에이터, 크레딧 타이틀, 네러티브 제작사로부터 발송된 편지들이었다.

지호는 하나씩 봉투를 뜯었다. 안에는 계약서와 편지가 동봉되어 있었다. 그는 세 곳의 계약서를 모두 꺼낸 뒤 탁자에 펼쳐 놨다.

계약서에 적힌 금액을 본 빌이 입을 쩍 벌렸다.

"에? 10만 파운드?"

한화로 약 1억 5천만 원.

거금이었으나 의외로 지호는 침착했다. 그의 관심사는 계약금이 아닌 계약 내용과 편지였다.

'도서관에서 봤던 조항들과 크게 다르지 않아. 금액 차이도 없는 것 같고.'

다행히 양아치 짓을 하려는 곳은 없었다.

지호는 계약서를 모두 검토한 뒤 네리터브 제작사에서 온 편지를 먼저 읽어 내렸다. NFTS를 졸업해 할리우드 유명 프로듀서가 된 제임스 페터젠이 친필로 보낸 편지였다.

조만간 영국 출장이 잡혀 있으니 단둘이 만나보고 싶다는 내용이었다. 그중 한 대목이 지호의 마음을 움직였다.

귀하께서 보내주신 〈톱스타와의 일주일〉의 대본을 보고 난 직후 저희는 여주인공 역할로 '리나 프라다'를 섭외할 계획을 수립했습니다. 이미 그녀의 에이전트에게 귀띔까지 해둔 상태죠.

회사 측 입장은 큰 예산을 감수하고라도 각본에 어울리는 훌륭한 감독과 배우를 섭외해 대박을 노리자는 것입니다. 하지만 만약 〈톱스타와의 일주일〉이 아카데미상이라도 받는 날에는 각본가의 정체를 밝히거나 대리 수상이라도 해야 할 텐데, 저희로서도 각본가의 정체를 모르는 리스크를 감수하고 본격적으로 일을 진행하기가 애매한 상황입니다…….

어깨 너머로 훔쳐보던 빌은 입을 쩍 벌렸다.

"뭐어? 아카데미상?"

"하하."

지호는 어색하게 웃었다.

"리나 프라다를 섭외한다고?"

각본 자체가 워낙 저예산이라 판이 커져봐야 얼마나 커질까 싶었는데 여주인공에 리나 프라다를 섭외하겠다니?

그녀에게 러브콜을 날린 이상, 균형을 맞추려면 다른 배우들 라인업 레벨도 같이 올라갈 수밖에 없었다.

네러티브 제작사에선 아무래도 작정하고 예산을 쏟아부을

작정인 것 같았다.

부담감을 느낀 지호는 편지를 곱게 접으며 말했다.

"이런 식으로 일이 커진다면 만나보지 않을 수가 없겠는데?"

Chapter 5
두각을 나타내다

제임스 페터젠은 런던 히드로 공항에 내려 택시를 잡아탔다.

"손님, 어디로 모실까요?"

"비콘스필드의 영국국립영화학교로 가주세요."

택시가 출발하자 제임스는 꺼두었던 휴대폰을 켰다.

반갑게도 비행하는 사이 스탠 로스에게서 문자가 와 있었다.

─제임스. 영국에 도착한 후에나 이 문자를 확인하겠군요.

먼저 기쁜 소식은 리나 프라다의 에이전트 측에서 연락이 왔다는 겁니다. 다음 안 좋은 소식은 계약 조건이 만만치 않다는 건데요. 조건은 단 하나, <톱스타와의 일주일>의 연출로 파비앙 티라르 감독을 지명했습니다.

"젠장."

제임스는 입술을 잘근잘근 씹었다.

문제는 예산 따위가 아니었다.

"제정신이야? 이미 은퇴한 양반을 데려오라니!"

파비앙 티라르 감독은 멜로계의 거장답게 아내의 병수발을 위해 은퇴했다. 다른 사람이면 몰라도 이 80대의 로맨티스트는 억만금을 준다 해도 아내 곁을 떠나 있지 않을 터였다.

제임스는 서둘러 스탠에게 전화를 걸었다. 신호음이 몇 차례 울리고, 스탠의 낯익은 목소리가 들려왔다.

―제임스, 안 그래도 전화 기다리고 있었습니다.

"배우가 마음대로 감독을 정하는 법도 있습니까?"

―전례 없는 일이긴 하지만… 그래도 리나 프라다 정도면 요구할 만하잖아요? 지금 할리우드에서 최고의 주가를 올리고 있는 배우인데 말입니다. 그녀는 파비앙 티라르 감독과 멜로 영화를 찍어보는 것이 꿈이었다고 합니다. 애초에 배우가 되려고 결심한 계기도 그의 영화를 보고나서였고요.

"그건 저도 들어서 알고 있습니다. 다만, 배우는 대체해도 감독은 대체 못 합니다. 아마 리나 프라다가 파비앙 티라르 감독을 원했다는 사실을 알면 어떤 감독도 이 작품을 하려

들지 않을 겁니다. 이건 자존심 문제예요."

—제임스, 당신 말이 맞아요. 다른 감독은 둘째 치고 파비앙 티라르 감독 입장에서도 불쾌하게 생각할 수 있습니다. 하지만 티라르 감독에게 〈톱스타와의 일주일〉 시나리오를 한 번 보여주는 정도는 해봄직한 시도 아닙니까? 만약 그가 이번에도 고사한다면 그때 리나 프라다를 포기하면 됩니다.

"좋아요."

겨우 수긍한 제임스가 말을 이었다.

"대신 리나 프라다 쪽은 반드시 제인 숍메이커에게 맡기셔야 합니다. 절대 배우가 감독을 지명했다는 사실이 알려져선 안 돼요. 잘 아시다시피 제인만큼 일 처리가 깔끔한 사람은 드뭅니다."

—아직도 그녀를 신뢰하시는군요. 참 잘 어울리는 커플이었는데 이제라도 다시……

"쓸데없는 소리 말아요, 스탠."

어금니를 꽉 물고 대답한 제임스는 전화를 끊어버렸다.

통화하는 사이 어느새 비스콘필드에 도착해 있었다.

눈에 익은 커피숍 이름이 보이자 그가 말했다.

"여기서 세워주시면 됩니다."

택시가 멈췄다.

계산을 하고 내린 제임스는 커피숍에 들어섰다.

'편지를 보낸 카페가 여기였군. 내가 NFTS에 재학하던 시절에는 없었던 곳인데……'

안에서 가게를 보고 있던 잭 엔더슨이 두리번거리는 그를 발견하고 물었다.

"손님. 찾으시는 거라도……?"

"아! 누구를 좀 만나기로 했습니다. 혹시 미스터 블루라는 이름을 쓰는 각본가를 알고 계십니까?"

잭은 그제야 제임스의 정체를 알아차렸다.

"누구신가 했더니 네러티브 제작사에서 오신 프로듀서 분이시군요. 안 그래도 오늘 약속이 있다고 미리 언질을 받았습니다."

"생전 처음 만나는 분께서 제 신분을 줄줄 말씀하시니 기분이 좀 묘하네요. 미스터 블루에게 들으신 겁니까?"

"하하, 맞습니다. 그러고 보니 제 소개가 늦었군요. 전 이 카페를 운영하고 있는 잭 엔더슨입니다."

"제임스 페터젠입니다."

두 사람이 악수를 나누는 그때, 선글라스를 쓴 한 사람이 더 카페로 들어왔다.

바로 지호였다.

"안녕하세요, 잭. 좋은 아침이에요."

"혹시… 미스터 블루?"

제임스는 눈을 동그랗게 뜨며 물었다.

그에 미소 띤 지호가 선글라스를 벗으며 대답했다.

"네, 제가 미스터 블루입니다. 제임스 페터젠 프로듀서 분이시군요!"

"맞습니다. 서면으로 뵀었던 제임스 페터젠입니다."

제임스는 적잖이 놀랐다. NFTS의 학생일 수도 있다는 가정도 했지만, 각본 수준을 보고 교수가 아닐까 내심 짐작하고 있었던 것이다.

'각본가가 아니라 무슨 배우 같군.'

완벽에 가까운 비율 역시 그를 당황시키기에 충분했다. 그 다음 선글라스를 벗은 맨얼굴을 봤을 땐, 현기증이 날 지경이었다.

'저 잘난 외모를 왜 숨기려는 거지? 아직 세상 물정을 모르는 건가?'

천재 각본가라는 타이틀에 외모까지 멋들어지면 전국 소녀들의 마음을 쥐고 흔들 수도 있을 터였다. 영화는 세계인의 사랑을 받는 매체고, 작가는 대부분이 선망하는 직업이기 때문이다.

"자자! 일단 안쪽으로 들어오시죠."

잭이 나머지 둘에게 손짓하며 카페 안의 구석진 룸으로 안내했다.

"챙겨주셔서 감사해요, 잭."

지호가 자리에 앉으며 감사 인사도 빼놓지 않았다.

이때, 잠시 생각에 잠겨 있던 제임스 페터젠이 물었다.

"미스터 블루. 결례가 안 된다면 정체를 숨기려는 이유에 대해 물어도 되겠습니까?"

커피 잔을 내오던 잭도 마침 잘됐다 싶어 귀를 쫑긋 세웠다. 진작 마크 파웰 총장에게 이유를 물어봐 달라는 부탁을 받았던 것이다.

시선을 한 몸에 받으며 천천히 입을 연 지호가 물었다.

"말을 하기 전에 먼저 여쭤볼게요. 분명 상대방이 이해하기 힘든 이유인데, 그래도 말씀드리는 편이 좋을까요?"

"음… 네, 그래도 일단은 한번 이야기해 보는 것이 낫다고 생각합니다."

제임스가 대답했고 잭도 궁금한 눈치였다.

두 사람의 반응을 확인한 지호는 고개를 끄덕였다.

"알겠습니다."

작게 심호흡 한 그가 본격적인 이야기를 시작했다.

"처음에는 그저 제가 하려는 이야기가 남들에게 울림을 줄 수 있을지, 제가 쓴 각본이 가치가 있는지 궁금했습니다. 그래서 부담 없이 미스터 블루라는 가명을 썼던 거죠. 이후 제작사에서 연락을 받고 혼자 고민했습니다. 실명을 밝힐지 말지에 대해서요. 깊이 생각해 본 결과, 당분간은 미스터 블루라는 이름으로 활동하는 편이 좋겠다는 결론을 내렸습니다."

"그러니까 왜……?"

"무엇보다 뜻밖의 제안이었고, 막상 주목받을 수도 있겠다고 생각하니 부담이 됐거든요. 굳이 저 자신을 급하게 드러낼 필요는 없다고 생각했습니다. 제가 펜을 놓거나 머리를 다치지 않는 이상 글솜씨가 급격히 떨어지진 않을 테니까요. NFTS에서 다른 동기들과 마찬가지로 편하게 공부하며 견문을 넓혀 나가고 싶었습니다. 물론 지금도 같은 생각이고요."

대답을 들은 제임스는 밤바다처럼 깊은 지호의 두 눈을 보며 속으로 생각했다.

'…속이 깊은 친구야.'

혈기왕성한 이십 대 초반에는 대개가 자신의 재능을 뽐내기 바쁘다. 넘치는 재능을 침착하게 갈무리할 정도의 신중함을 가지긴 힘든 나이였다.

"음, 충분히 이해합니다."

아무리 매년 실력자들을 배출해 내는 NFTS라도 천재를 바라보는 시선은 남다를 수밖에 없었다. 아니, 오히려 최고 수재들의 틈바구니였기에 더욱 불편한 시선을 받을 수도 있는 것이다.

제임스는 지호가 득이 됐으면 득이 됐지, 해가 되진 않을 결정을 내렸다고 생각했다.

"솔직하게 대답해 줘서 고맙습니다. 약속은 제 명예를 걸고 지키도록 하죠, 미스터 블루. 8년 전 NFTS 영화과를 졸업한 선배로서 당신이 자랑스럽네요."

*　　　*　　　*

제임스 페터젠은 지호와 함께 두 시간이 넘도록 수다를 떨고 있었다.

"실은, 오늘 아침부터 회사에서 곤란한 소식을 전해 받았습니다. 그런데 미스터 블루를 만나 찜찜했던 기분이 싹 다 날아가 버렸어요."

"하하, 감사합니다. 저야말로 즐거웠어요, 미스터 페터젠."

"그냥 제임스라고 불러도 됩니다."

편안한 미소를 띤 그가 말을 이었다.

"엄연히 말하면 동문이잖아요? 그렇잖아도 난 이 길로 마크 파웰 교수님… 아니, 총장님을 뵈러 갈 계획입니다. 제게는 은 사님이시죠. 미스터 블루도 같이 가는 건 어때요?"

"아뇨. 저는 다음에 방문하는 편이 좋겠어요."

지호는 난처하게 웃으며 덧붙였다.

"함께 가면 제가 미스터 블루라고 광고하는 것과 다름없으니 말이죠. 기껏 머리 굴려가며 숨겼는데 너무 일찍 들켜 버리면 허무하잖아요?"

"참, 우린 지금 비밀스러운 모임 중이었군요! 깜빡 잊고 있었지 뭡니까? 그리고 이건 제 짐작인데… 총장님은 이미 미스터 블루가 누구인지 알고 계실 겁니다."

"하하하, 설마요."

"제가 못 뵌 사이 많이 연로하셨겠지만 그래도 여전하실 겁니다. 추리력이 굉장하신 분이거든요."

확언한 제임스가 어깨를 으쓱이며 화제를 돌렸다.

"어쨌거나 뭐, 그건 중요치 않습니다. 그분은 프라이버시를 굉장히 중요하게 생각하시니까요. 아무쪼록 계약도 체결되었으니, 추가적인 부분은 잭을 통해서 그때그때 보내드리도록 하겠습니다."

곁에 있던 잭이 두 팔을 활짝 벌리며 대답했다.

"얼마든지 환영입니다."

"고마워요, 잭."

지호가 인사하자 잭은 윙크를 해 보였다.

용건을 마치고도 한참 남아 있던 제임스는 마침내 손목시계를 확인하고 자리에서 일어났다.

"그럼 또 좋은 기회에 재회하는 것을 기대하며 이만 가보겠습니다."

고상하게 인사한 그가 카페를 떠났다.

자리에 남은 지호는 이내 잭을 향해 말했다.

"잭, 고마워요. 그때 말했던 홍보 영상은 오늘 촬영하는 게 어때요?"

"하하! 이곳은 언제든 열려 있지! 아무 때나 찍어도 된다는 뜻이야."

지호의 입가에 미소가 맺혔다.

"잘 됐네요. 그럼 촬영은 여기 온 김에 할게요. 편집 끝나는 대로 빌한테 전달해서 인터넷에 올릴 거예요. 그 녀석, SNS를 굉장히 열심히 하거든요."

"그래, 그래. 그건 알아서 해주고… 뭐 내가 도울 일은?"

"그냥 평소처럼 계시면 돼요."

대수롭지 않게 대답한 지호는 카메라 가방을 메고 카페 뒤편 화원으로 향했다.

그 뒷모습을 보며 잭은 흐뭇한 미소를 지었다.

'이 조용한 마을에서 커피숍 홍보 좀 한다고 뭐가 달라지겠느냐만. 편지 몇 통 받아줬다고 보답하려 하는 모습이 참… 보기 드문 청년이야.'

이 일로 인해 조용한 마을에 어떤 파장이 생길지, 그는 꿈에도 알지 못했다.

                    *   *   *

   한편 네러티브 제작사의 스탠 로스는 프랑스 파리로 날아
갔다.

   로스앤젤레스와 파리는 시차만 아홉 시간.

   '후우, 피곤하군.'

   샤를드골 공항에서 담배를 한 대 태우며 피로를 떨쳐낸 스
탠은 곧장 파비앙 티라르 감독이 설립한 제작사 '라보떼 필름'
으로 향했다.

   그는 근처에 묵으며 관계자들을 차례로 만난 다음, 정확히
일주일 후 파비앙 티라르 감독 내외가 요양하고 있는 생피에
르 섬으로 출발했다.

   생피에르 섬은 프랑스령이었지만 멀리 떨어져 있었다. 오히
려 캐나다 본토에서 25㎞밖에 떨어져 있지 않았다. 따라서 스
탠은 미국으로 돌아가는 길에 생피에르 섬을 들러 파비앙 티
라르 감독을 찾아갔다.

   각기 모양이 다른 집들 중 해변에 가장 인접한 집이 바로
파비앙 티라르 내외가 살고 있는 곳이었다. 조용하고 아기자
기한 마을 풍경을 감상하며 도착한 스탠은 현관문을 두드렸
다.

   "티라르! 안에 계시나요?"

                                              두각을 나타내다   173

잠시 후 문이 열렸다.

안쪽에는 파비앙 티라르가 서 있었다.

스탠은 감격한 얼굴로 말했다.

"오랜만입니다. 그간 잘 지내셨습니까?"

"이곳에 오기 전 우리 회사를 들쑤셨단 얘기는 들었네, 스탠."

"감독님 심기를 불편하게 할 마음은 없었습니다."

정중하게 대답한 스탠이 고개를 깊이 숙이며 덧붙였다.

"결례가 되었다면 죄송합니다."

"결례가 안 되었을 리가 있나?"

파비앙 티라르는 문에서 비켜서며 말을 이었다.

"일단 들어오게."

"감사합니다."

안으로 들어간 두 사람은 식탁에 마주앉았다.

스탠이 주변을 둘러보며 물었다.

"부인께서는……?"

"안사람은 곤히 잠들었네. 요새는 낮에 자고 밤에 통 잠을 못 이뤄. 점점 아기가 되어가는 것 같아."

스탠이 침묵하자 파비상 티라르는 분위기를 환기시켰다.

"그래, 꽤나 먼 길이었을 텐데… 날 찾아온 이유가 뭔가? 내가 회사 사람들에게 들은 것처럼 영화계 복귀를 제안하러 온

건 아니겠지?"

"네, 맞습니다."

간결하게 대답한 스탠이 가방에서 각본을 꺼내 식탁에 올렸다.

"긴 말 않겠습니다. 여기까지 찾아온 저를 봐서라도 딱 한 번만 읽어주십시오."

파비앙 티라르는 왼쪽 가슴에 달린 주머니에서 금테 안경을 꺼내어 쓰더니 각본을 읽어보았다.

팔락, 파라락.

고요한 침묵 속에 종잇장 넘기는 소리만 들려왔다. 그리고 한 시간 뒤, 파비앙 티라르가 안경을 벗으며 말했다.

"좋은 각본이군. 요즘에도 이런 감성으로 각본을 쓰는 감독이 있을 줄이야……. 대체 누가 쓴 각본인가?"

그는 각본가가 자신이 알고 있는 비슷한 연배의 몇몇 감독들 중 한 명일 거라고 짐작했지만 보기 좋게 빗나가고 말았다.

"미스터 블루라는 익명의 각본가입니다."

"할리우드에 블랙리스트가 존재하던 시대도 아니고, 누가 달튼 트럼보(Dalton Trumbo) 흉내라도 낸단 말인가?"

"그런 건 아닌 것 같습니다만……."

말끝을 흐린 스탠이 덧붙였다.

"트럼보에 버금가는 천재라고 봅니다."

"그것 참, 흥미로운 이야기구먼."

잠시 아쉬운 눈빛으로 각본을 바라보던 파비앙 티라르는 이내 대본을 밀어냈다.

"하지만 난 이미 은퇴한 몸일세. 지금은 아내를 보살피는 남편일 뿐이야. 더 이상 영화를 찍을 수 있을 만큼 비범한 두뇌를 갖고 있지도 않네. 이빨 빠진 호랑이란 뜻이지. 그러니 며칠 편히 묵고 돌아가 주게."

스탠은 더 이상 우기지 않고 고개를 숙여보였다.

"알겠습니다, 티라르. 저는 일이 밀려 있어서 내일 날이 밝는 대로 떠나야 할 것 같습니다. 대본은 복사본입니다. 두고 갈 테니 혹시라도 마음이 바뀌시면 일주일 내로만 연락을 주십시오. 기다리고 있겠습니다."

"알겠네. 우선 이쪽으로 오게."

스탠 로스를 객방으로 돌려보낸 파비앙 티라르 감독은 거실 난롯가 앞에 위치한 흔들의자에 앉아 생각에 잠겼다.

"〈톱스타와의 일주일〉이라······."

각본을 읽는 동안 시간의 흐름을 잊었을 정도로 톡톡 튀는 글이다. 그럼에도 모두 읽고 나면 가슴을 지그시 누르는 여운이 남았다.

파비앙은 조용히 회상에 잠겼다. 그 옛날 아내를 처음 만났던 순간이 뇌리를 스쳤다. 아내는 연극배우였고 자신은 무명의 각본가였다. 〈톱스타와의 일주일〉이란 각본을 읽으면 그 시절이 떠올랐다.

"다시 한 번 당신에게 의견을 물을 때가 온 것 같군."

중얼거린 파비앙은 안방으로 갔다. 아내의 초점 흐린 눈동자가 그를 향했다.

잠시 멈칫했던 파비앙은 침대 곁에 의자를 가져다 앉더니, 즉흥적으로 각본을 소설처럼 각색해 나가며 읽어주기 시작했다.

"뉴욕 브로드웨이 42번가에서 52번가는 오늘도 성황리에 뮤지컬 공연이 이뤄지고 있다. 반면 조금 떨어진 골목 어딘가의 작은 소극장에선 '공연 취소' 팻말이 걸렸다. 그럼에도 꿈에 부푼 여배우는 극장 안에 홀로 남아 연습을 하고 있다. 그녀는 평일 낮에는 웨이트리스로, 주말 밤에는 클럽 쇼걸로 분해 주급을 받는다. 한편 돈 안 되는 글만 쓰며 쓰레기처럼 살아가는 방탕한 사내는 그날 우연히 소극장의 골동품을 훔치러 숨어들었다가 그녀를 보게 된다. 그는 몸을 웅크린 채 좁은 문틈으로……."

그 음성이 천천히, 한참동안 이어졌다. 각본을 소리 내어 읽는 것만으로도 기력이 달릴 만도 한데, 듣기 편하도록 소설로 각색하며 기어코 마지막 장까지 넘기고 말았다.

하지만 노력이 무색하게 아내는 아무 반응도 보이지 않았다. 파비앙은 익숙하다는 듯 전혀 실망한 내색 없이 아내의 머리를 정리해 주며 이마에 입을 맞췄다.

"…좋은 꿈꾸시게."

역시 대답은 들려오지 않았다.

매번 기대를 하지만 기적은 없었다. 대체 어디로 숨어버린 건지 요새는 도통 예전 모습이 돌아오지 않고 있었다. 단 한 순간이라도 목소리를 들을 수 있다면, 대답을 들을 수 있다면 좋으련만.

파비앙은 불을 끄고 그녀의 곁에 누웠다.

그 순간 어둠 속에서 아내의 입이 열렸다.

"파비앙, 나의 반쪽……."

똑똑히 들은 파비앙이 두 눈을 번쩍 떴다. 그는 황급히 불을 켜며 물었다.

"여보, 당신 방금 뭐라고 했소?"

묵묵부답이었다.

'환청을 들은 게 아니야, 분명히 무어라 했어.'

파비앙은 확신했다. 그리고 시선을 맞추며 애타는 목소리로 다시 물었다.

"뭐든 좋으니 아무 말이라도 좀 해봐요. 여보……!"

하지만 이번에도 기적은 없었다.

아내는 각본을 읽어주기 전과 다름없는 모습이었다.

파비앙은 입술을 지그시 깨물었다.

'정말 내가 잘못 들었단 말인가? 아니, 그럴 리 없어. 매일 밤 꿈을 꾸면서도 들리지 않았던 목소리가 선명하게 들릴 리 없어.'

그는 고개를 돌려 서랍장 위에 올려둔 〈톱스타와의 일주일〉 각본을 바라보았다.

아내가 단 한순간만이라도 돌아올 수 있다면 뭐든 할 각오가 되어 있었다. 가슴에 인이 박힐 만큼 사무치게 그리웠기 때문이다. 그런데 오늘 가능성을 보았고, 조금의 가능성이라도 있다면 그것만으로 영화를 만들 이유는 충분했다.

이내, 파비앙이 떨리는 목소리로 중얼거렸다.

"당신의 뜻이라고 생각하겠소. 여보, 이번에는 제발… 잠시라도 좋으니 돌아와 주오."

*　　　　*　　　　*

편집실에 나란히 앉아 지호가 찍어온 카페 홍보 영상을 본 빌이 중얼거렸다.

"와, 어떤 걸로 찍었기에 이런 영상미가 나와? 색감이며 명암, 카메라 구도까지……."

감탄할 점이 너무 많았기 때문에 그는 차마 일일이 나열하지 못하고 한마디로 정리했다.

"빛 번짐 현상까지 예술적으로 승화시키다니, 우리가 동기인 게 맞긴 한 거지?"

"하하, 빌. 시작부터 너무 띄워주지 마."

영상미가 아름답다고 해서 홍보 영상을 보는 이들의 구미를 확 잡아당길 수는 없었다. 그저 비콘스필드를 방문하는 김에 들르면 좋을 코스로 추가되는 정도?

"이제부터가 본게임이야."

지호는 당장에라도 모니터 속으로 뛰어 들어갈 것처럼 집중했다. 영화만 만들어봤지 광고를 만들어본 적은 없었다. 음악을 입히는 것까진 해봤지만 카피를 만들어 입히는 건 처음이었다.

'잘될까?'

그는 본능적인 미적 감각과 인터넷에서 본 지식에 의지해 보기로 했다. 그런데, 의외로 기술적인 부분은 어렵지 않았다. 영화 편집에 비하면 식은 죽 먹기였던 것이다.

다만 카피가 문제였다.

'괜히 조잡해 봐야 어설픈 티만 내는 꼴이야. 그나마 자신 있는 영상미로 승부하고, 카피는 최대한 간결하게 가자.'

얼마 후 지호가 작업을 마쳤다.

원색적인 색감을 가진 영상미. 그 뒤에 백지 화면이 나오며 정중앙에 진한 필기체가 뜬다.

There, Always

언제나 그 자리에.

지호는 〈There〉라는 카페 이름을 인상 깊게 각인시켰다. 단순하고 평범한 카페였지만 영상과 어우러졌을 땐 특별한 느낌이 살아났다. 아름다운 영상으로 시선을 잡아끈 뒤 간결한 카피를 띄워 관객의 호기심에 마침표를 찍는 것이다.

그때 빌이 물었다.

"정말 처음 맞아?"

그는 좀처럼 믿지 못하는 눈치였다.

"한 번 보면 잊을 수 없을 거야. 마치 다른 곳은 모두 변해도 이곳만은 변함없이 마음의 평온을 줄 것 같은 느낌이랄까? 안 그래도 카페 바로 뒤에 자리 잡은 아름드리나무가 안정감을 줬었는데… 완벽히 살렸네."

"원래부터 자리 잡은 터가 좋았을 뿐이야. 그렇지 않았으면 달랑 카메라만 들고 가서 영상을 만들어 오진 못했겠지."

지호가 겸손하게 대답했다. 분명 그 말도 일리가 있었다.

하지만 빌의 생각은 조금 달랐다.

"물론 〈There〉의 인테리어가 아기자기하다지만 그런 커피숍은 몇 블록만 나가도 쌔고 쌨어. 어디서나 볼 수 있는 평범한 카페란 뜻이야. 낮 시간대 〈There〉의 카페 내부를 너처럼 담아낼 수 있는 사람이 몇이나 될 것 같아?"

"빌, 그만해. 얼굴이 화끈거리다 못해 불타 버릴 지도 몰라."

지호는 진지하게 한 말이었지만 빌은 장난으로 받아들였다.

"난 여기 오기 전까지 재능이란 걸 신뢰하는 편이 아니었는데, 널 보면서 생각이 바뀌려고 해."

아무렇지 않게 대답한 그가 불쑥 생각난 듯 물었다.

"참! 한 가지 궁금한 게 있어. 〈There〉는 저녁이면 정원에 조명 달잖아. 야경도 멋진데 왜 굳이 낮에만 클로즈업한 거야?"

지호는 환한 대낮, 노을이 고개를 내민 해질녘, 고요한 밤 〈There〉의 전경을 시차 순으로 담아냈다.

그러나 정작 홍보 영상물에서 비춰지는 내부나 정원의 풍경은 오로지 환한 낮 시간대다.

의문을 표한 빌은 사견을 덧붙였다.

"홍보 영상이 너무 길면 안 돼서 그런 건가?"

"아니, 그런 건 아니야. TV광고도 아닌데 뭘."

살짝 웃은 지호가 말을 이었다.

"이를테면 눈치 게임 같은 거야. 만약 영상 한 편으로 카페의 모든 모습을 다 보여줬어. 자랑하긴 좋겠지만 전혀 궁금하지 않잖아? 이미 다 알고 있는데 가서 뭐하겠어? 낮의 단면을 보여줬을 때 밤의 모습은 어떨까 궁금해지는 거지. 영상을 일부러 짧게 만든 것도, 더 보고 싶게 흥미를 유발하려는 속셈이었어."

"음. 영상만 봤을 땐 내밀한 의도까지 읽을 수 없었는데… 이유를 듣고 보니 그런 느낌이 들었던 것 같기도 하고."

빌은 미간을 좁히며 영상의 장면, 장면을 떠올렸다.

피식 웃은 지호가 USB를 뽑아서 그에게 건넸다.

"그럼 잘 부탁한다. 자, 다음은 네 차례야."

"걱정 마. 퍼뜨리는 건 순식간이니까!"

초면에 부끄러움이 많은 빌이었지만, SNS에서만큼은 배려심 많은 원래 성격이 고스란히 나왔다. 더불어 그의 꽃다운 외모가 조화를 이루자 팔로워들이 벌 떼처럼 몰려든 것이다.

그는 USB에 들어 있는 영상을 노트북으로 옮기며 내심 스스로에게 물었다.

'어쩌면 난 영화 배급사에 들어갈 운명이 아닐까? 홍보나 평론이 더 적성에 맞는 것 같은데……'

하긴, 할리우드에 지호 같은 괴물 감독들이 즐비하다면 그것도 충분히 고민해 봄직하다는 생각이 들었다.

능숙하게 홍보 영상을 올리던 빌은 '게시물 등록'란에 커서를 가져간 상태로 자신만만하게 말했다.

"자! 이제는 내가 기적을 보여줄 차례야."

달칵.

마침내 게시물이 등록됐다.

빌이 상기된 얼굴로 미소를 머금었다.

"이제부터 미친 듯이 퍼져 나갈걸? 기대해도 좋아."

그는 신처럼 예언했고, 그 예언은 정확히 맞아떨어졌다. 세계 각국 수만 명의 사람들이 개미처럼 달려들어 정보를 퍼뜨리기 시작한 것이다.

지호는 입을 쩍 벌렸다.

"어느 정도 짐작은 했지만 이 정도일 줄은… 톱스타 부럽지 않네?"

"TV나 스크린이 양지라면 SNS는 음지라고 생각해. SNS에서 인기를 얻는다고 진짜 배우들처럼 부와 명예를 누릴 순 없겠지만 흉내 정도는 낼 수 있거든. 더구나 난 광고 글을 올리던 계정도 아니니까 효과가 더 좋은 거지."

"음, 그렇구나."

지호는 고개를 끄덕일 뿐이었다. 자신이 전혀 알지 못하는 세계의 이야기였기 때문이다.

늘 감탄하기 바쁘던 빌은 모처럼 지호 앞에서 어깨를 쫙 펴고 말했다.

"앞으로도 필요한 일 있으면 언제든 이야기해! 룸메이트 좋다는 게 뭐겠어?"

　　　　　*　　　　　*　　　　　*

〈There〉의 홍보 영상은 빠른 속도로 퍼져 나갔다. 순수한 의도로 진행했던 이 프로젝트는 예상하고 있던 호재와 예상 치 못했던 악재를 함께 낳았다.

일단 호재는 〈There〉에 여행객은 물론, 비콘스필드와 인 접한 런던에서 직접 찾아오는 손님들까지 생겼다는 점이었다. 찾는 손님이 늘자 자연스레 〈There〉의 매상이 올랐으며 없던 점원까지 둘이나 쓰는 상황이 발생했다.

그다음 악재로 말할 것 같으면 NFTS 학생들과 비스콘필드 주민들의 쉼터가 사라졌다는 점이었다. 항상 손님들로 붐비는 〈There〉의 모습은 더 이상 그들이 사랑하던 예전 모습이 아 니었다. 이는 〈There〉 주인인 잭 앤더슨에게도 난처한 부분 이었다. 찾아오는 손님을 내쫓을 수도 없는 노릇이기 때문이 다.

"일이 이렇게 커질 줄은 몰랐구나."

그는 지호에게 편지를 건네며 말했다.

만석이 된 카페 내부를 돌아보며 지호가 머쓱하게 대답했 다.

"저도 이 정도일 줄은 상상도 못했어요."

정작 SNS에 영상을 올린 빌은 조금 미안한 표정이 됐다.

"죄송해요. 일이 너무 커져 버렸네요."

그의 예상에 따르면 추천이나 댓글 같은 호응만 폭발적이고 실질적인 효과는 천천히 늘어나야 했다. 그런데 지호의 홍보 영상이 제대로 먹힌 탓인지 잭팟 터지듯 사람들이 붐비게 된 것이다.

두 사람을 보며 어깨를 으쓱인 잭이 대답했다.

"아니, 아니. 그런 소리 들으려고 한 말 아니니까 신경 쓸 것 없다. 오히려 내가 고마워해야 할 일이지! 그냥 배가 불러서 헛소릴 지껄인 것뿐이니. 하하하."

그는 목소리를 낮추며 말을 이었다.

"아직 구체적인 계획은 아니지만… 실은 안 그래도 매주 주일은 주민들과 NFTS 학생들을 위한 쉼터 공간으로 바꿀까 생각 중이다. 하지만 그 사실을 모르고 찾아오는 손님들이 더 많을 테니 또 당장 바꿀 수도 없는 노릇이야."

"그건 제가 미리 SNS에 공지를 해둘게요! 몇 주에 걸쳐서 공지를 올려둔 다음에 바꾸면 문제없지 않을까요?"

빌의 말에 잭이 화색을 보였다.

"하하! 그래주면 정말 고맙지. 우선 나도 카페 출입문에 공지 사항으로 붙여두도록 하마. 손발이 척척 맞으니 좋구나!"

더 나은 결론을 도출해 내는 두 사람을 보며 빙그레 웃은 지호가 손에 들고 있던 편지 봉투를 뜯었다.

네러티브 제작사에서 보낸 편지였다.

"이 안에 섭외 결과가 적혀 있을 거야."

지호의 말에 빌과 잭의 시선이 집중됐다. 그들 모두 기대감에 눈을 반짝이며 한마디씩 던졌다.

"후, 완전 떨린다. 엄청난 이름이 있겠지?"

"얼른 열어봐라."

미소 띤 채 고개를 끄덕인 지호가 편지를 펼쳐 두 사람에게 읽어주었다.

"미스터 블루에게. 귀하의 각본 〈톱스타와의 일주일〉의 제작 총괄을 맡은 제임스 페터젠 프로듀서입니다. 기쁜 소식을 전달하게 되어 감개무량합니다. 먼저 연출은 멜로계의 거장인 파비앙 티라르 감독이 맡게 되었습니다. 이미 은퇴하신 상태였지만 〈톱스타와의 일주일〉 각본을 읽으신 후 본인의 마지막 작품으로 선택하셨다는 후문입니다."

빌은 감독 이름을 듣고 화들짝 놀랐다.

하지만 훨씬 더 격한 반응을 보인 건 잭이었다.

"지금 파비앙 티라르라고 했나? 이거 완전 기절할 노릇이군!"

그는 눈을 부릅뜬 채 말을 이었다.

"우리 세대 중 그가 만든 영화를 보고 눈물 흘려보지 않은 사람은 없을 거야. 애인과 만나면서, 혹은 헤어졌을 때에도 티라르 감독의 영화를 봤었지. 단언컨대, 그는 사랑이란 감정을 가장 아름답게 표현하는 사람이야!"

지호는 고개를 끄덕였다.

"네, 저도 그분의 영화는 모두 본 것 같아요. 수십 년 세월이 지나도 끊임없이 회자되는 명작들을 탄생시킨 분이 제 작품의 연출을 맡게 됐다니… 정말 영광이에요. 그런데 잭, 그뿐만이 아네요."

대답한 그는 계속해서 편지를 읽어 내렸다.

"또한 여주인공은 할리우드에서 가장 각광 받고 있는 여배우 리나 프라다로 결정됐습니다. 추후 라인업 역시 기대하셔도 좋습니다. 일이 진행되는 대로 다시 연락드리겠습니다. 그럼 그 사이 평안하시길. 제임스 페터젠."

"미치겠네. 파비앙 티라르 감독에, 리나 프라다라고? 내가 알고 있는 그 리나 프라다? 적어도 아카데미상 정도는 노리는 게 분명해!"

중얼거린 빌은 귀신 보는 표정으로 지호에게 물었다.

"미스터 블루! 너 지금 여기 비콘스필드에 있어도 되는 거 맞아?"

*   *   *

영국국립영화학교(NFTS) 학기 중반.

기숙사 사관은 콧노래를 흥얼거리며 아침 일찍부터 우편함을 확인했다. 오늘도 영락없이 다섯 개의 선물 상자가 들어있었다.

"어디 보자……."

사관이 중얼거리며 수령자 이름을 확인했다.

선물 상자 다섯 개 중 세 개가 지호의 것이었다.

'올해는 좀 특이한데? 매일같이 오는 선물들 중 절반이 한 사람 몫이라니.'

매년 작품 실습 기간이 시작되면 지금처럼 특정 학생들을 향한 선물 공세가 시작된다. 유능한 학생과 그룹을 이루는 편이 유리했기 때문이다. 하지만 이번처럼 매일같이 한 사람에게 몰린 적은 없었다. 기숙사 인원을 생각해 보면 기이한 현상이었던 것이다.

지호는 이미 강의 시간을 통해 동기들에게 그만큼 짙은 인상을 남기고 있었다.

'뛰어난 학생이 또 한 명 등장했나 보구먼.'

사관은 흥미로운 표정을 드리운 채 선물들을 수거했다. 그리고 기숙사 건물로 돌아가 교대할 사관에게 메모를 남겼다.

선물 수령자가 나오면 틀림없이 전해줄 것.

몇 시간 뒤 지호는 기숙사 로비에서 선물을 건네받았다.

곁에서 부러운 눈빛을 보내던 빌이 말했다.

"이야, 오늘 등굣길도 즐겁겠구나. 어떻게 이번 주 내내 하루도 빠짐없이 선물을 받아?"

"하하… 그러게."

민망하게 웃은 지호가 수령했다는 확인 서명을 하고 사관에게 인사했다.

"좋은 아침이에요, 존. 감사합니다!"

"그래, 좋은 하루 보내렴."

사관과 덕담을 주고받으며 기숙사를 나선 지호는 옆에서 휴대폰을 붙들고 있는 빌에게 물었다.

"빌! 뭐해?"

"이것 좀 봐. 오늘도 SNS에 러브콜이 30통도 넘게 왔어."

빌은 자신의 액정을 보여주었다. 그 말처럼 여러 통의 편지가 도착해 있었다. 대부분 앞 문장은 '친애하는 지호에게…' 이런 식으로 시작한다.

"같이 그룹을 만들자는 내용이겠지?"

"대부분! 네가 SNS를 안 하니까 나한테 보내는 것 같아."

"괜히 나 때문에… 미안하다."

"뭐, 천만에. 내가 마음에 둔 그녀와 연락하게 된 것도 모두 네 덕분이니까."

"응? 그건 또 무슨 소리야?"

"놀라지마. 어젯밤에 앤 로버츠와 두 시간 동안 대화를 했다고! 더 대박인 건 이번 주 주말에 영화도 보기로 했어."

"이런……."

지호는 짓궂게 덧붙였다.

"그런 식으로 친구의 여자를 가로채도 되는 거냐?"

"하하하! 걱정 마. 어차피 앤도 우리 그룹이 될 테니까. 데이트하면서 설득해 볼 생각이야."

빌이 자신감 넘치는 어조로 말했다.

앤 로버츠는 작년까지 말라이카 팔빈과 팽팽한 경쟁을 펼쳤던 동기였다. 그녀와 같은 그룹이 된다면 학점 이수에 적지 않은 이점이 있겠지만 문제가 하나 있었다.

지호는 말라이카와 한 그룹에 속하고 싶은 마음이 더 컸다.

"음, 그녀가 말라이카 팔빈과 같은 그룹이 되려 할까?"

지호의 물음에 빌이 되물었다.

"뭐야, 말라이카 팔빈과 같은 그룹에 들어가려고? 만약 앤 로버츠랑 말라이카 팔빈, 둘 중에 한 명만 선택해야 된다면?"

"말리이카 팔빈."

지호는 잠시도 망설이지 않고 대답했다. 작년에 말라이카 팔빈이 앤 로버츠를 상대로 최종적인 승리를 거뒀기 때문만은 아니었다. 지호는 말라이카 팔빈이 가진 영향력이 탐났다.

역시나 빌은 선뜻 납득하지 못했다.

"말라이카는 너랑 사사건건 부딪히잖아? 앤이야말로 팀워크를 중요시 여기고, 네가 지향하는 방향과도 잘 맞을 거야."

"아마 그렇겠지. 그래도 난 말라이카랑 함께하고 싶어."

지호가 사견을 덧붙였다.

"어차피 한 그룹에서 영화를 만들게 되면 누구라도 반드시 마찰이 생길 거야. 말라이카만이 그런 상황을 통제해 줄 수 있을 것 같아."

그는 말라이카 팔빈을 볼 때면 매번 지혜가 떠올랐다.

지혜는 〈완벽한 인생〉 때 팀의 구심점이 되어주었다. 당시 불과 고등학생이었던 지호가 현장을 잘 이끌 수 있었던 것도 모두 그녀 덕분이었다.

'말라이카 팔빈과 한편이 된다면 팀워크나 촬영 자체도 훨씬 수월해질 거야.'

한편 빌은 말라이카 팔빈이 속한 그룹에 합류한 상황을 그려보았다.

"힘을 합칠 수 있다면 강력한 우군이 될 것 같긴 하네. 하지만 사나운 맹수를 길들일 수 있을까? 오히려 그녀에게 네가 잡아먹힐 수도 있어. 난 그런 조마조마한 분위기에서 작업하기 불안하고, 그건 다른 팀원들도 마찬가지일 거야."

벽에 기대어 잠시 고민하던 지호가 입을 열었다.

"우리가 김칫국 마시는 걸 수도 있어. 우선 두 사람한테 다 접촉해 보자. 넌 앤 로버츠를 맡아. 난 말라이카 팔빈을 맡을게."

*   *   *

1, 2, 3학년 실습 과정은 모두 동일했다. 총 네 개 그룹으로 치러지며, 그룹이 조직되는 순서대로 A, B, C, D그룹이 된다. 그리고 그룹을 이끌 수장이 정해지지 않은 상태에서 투표로 감독을 선출한다. 다만 제작 기간이 시작되기 전에는 정원 내에서 그룹을 옮길 수 있었다. 이후 각 그룹에서 영화를 만들고, 외부에서 초청한 영화계 전문가들을 대상으로 투표를 진행해 승자를 가려내는 방식이었다.

교내에 준비된 장비나 시설이 제한적이었기 때문에 올해는 1학년, 3학년, 2학년 순으로 영화제작이 시작됐다. 1학년이 영화제작에 들어가면 3학년이 그룹을 만들기 시작하고, 3학년이 제작에 들어가면 2학년이 그룹을 만드는 릴레이식이었다.

마침내 3학년이 영화제작에 들어가고 2학년이 그룹을 만들기 위해 활발하게 움직이고 있었다.

이 중요한 때, 지호는 수업이 끝나면 다른 학년 실습에 지원을 나갔다. 지호가 모든 분야에 능통한 팔방미인이라는 소문이 어느새 다른 학년까지 퍼져 지원 요청이 수도 없이 들어왔기 때문이다. 그는 웬만하면 요청에 다 응했고, 열 개가 넘는 팀을 도와주자니 눈코 뜰 새 없이 바빴다. 오죽하면 밤을 새고 들어오는 날도 부지기수였다.

학기가 시작되며 혜성처럼 등장한 지호가 어느 그룹으로 갈지 의견을 피력하지 않은 채 딴청만 부리자 동기들 역시 갈피를 잡지 못하고 있었다.

어느 날은 룸메이트인 빌이 걱정스럽게 말했다.

"요새는 내가 1인실을 쓰고 있는 기분이 들 정도야. 다들 그룹 만들고 자기 작품 준비하느라 바쁜데, 너는 왜 다른 학년 작품 돕는다고 체력을 낭비하는지 모르겠어. 도와달라고 한다고 모두 도와줄 필요는 없잖아? 거절해도 아무도 널 비난하진 않는다고."

충고에도 불구하고 지호는 계속 지원을 나갔다. 언제고 다른 학년들과 작업할 때 도움이 될 수도 있었기 때문이다.

이런 상황에서 시간만 계속 흘러갔다.

대부분 동기들이 A, B, C, D 그룹 중 한 곳을 정해서 들어갔다. 말라이카 팔빈은 A그룹, 앤 로버츠와 빌 안데르센은 B그룹에 속했다.

마침내 보다 못한 빌이 다시 참견했다.

"이제 네 차례야. 앤이나 말라이카를 설득해서 움직이려면 더 이상 지체할 시간이 없어."

"하하, 알겠어. 안 그래도 우선 A그룹에 들어갈 생각이야."

지호는 순순히 학교 홈페이지에 접속해서 A그룹을 선택하고 나서 빌을 보며 말했다.

"아마 이제부터 흥미진진해질 거야."

남은 그룹 지원·조정 기간은 삼 일. 지호의 A그룹 지원으로 인해 갑작스러운 지각변동이 일어났다.

뜻밖의 상황에 동기들은 당황했다.

"뭐? 신지호가 A그룹에 지원했다고?"

"수업 땐 서로 못 잡아먹어 안달이더니… 말라이카와 같은 조를 선택할 줄이야."

"지금이라도 빨리 그룹을 옮겨야 돼!"

B, C, D조에 속해 있던 동기들이 수군거리며 말라이카 팔빈과 지호가 있는 A조로 몰리기 시작했다.

그러나 정원이 정해져 있는 상황이었기 때문에 소란은 금세 정리됐다. 그저 미리 발 빠르게 움직이지 못한 학생들만이 아쉬움을 토해낼 뿐이었다.

뭐니 뭐니 해도 가장 놀란 건 말라이카였다. 그녀는 아침부터 날벼락을 맞은 표정으로 그룹 현황을 확인했다.

'도대체 무슨 꿍꿍이지?'

지호가 자신과 같은 곳에 지원했다. 이렇게 되면 감독 자리를 놓고 팽팽한 접전이 벌어질 게 뻔했다. 이게 바로 유능한 학생들끼리 뭉치면 높은 학점을 취득할 수 있는 기회임에도 불구하고 찢어지는 이유였다.

"학점이 더 중요하다 이건가?"

말라이카는 고개를 저으며 지호에게 전화를 걸었다. 그녀는 궁금증에 대한 참을성이 심각하게 부족했다.

그리고 마침내 수화기 뒤편에서 지호의 목소리가 들려왔다.

─여보세요?

"무슨 생각으로 나와 같은 A조에 지원한 거야?"

말라이카는 대뜸 물었다.

잠시 후 지호가 차분한 음색으로 대답했다.

─음, 그 부분은 만나서 얘기하는 게 좋을 것 같은데?

"후… 좋아. 학교 앞에 카페 알지?"

─응, 데어(There)?

"맞아, 삼십 분까지 데어에서 보자."

─좋아.

전화를 끊은 말라이카는 편한 옷으로 갈아입은 뒤 약속 시간에 맞춰 쉐어하고 있는 집을 나섰다. 십 분 정도 걸어 카페에 도착하자 잭과 이야기를 나누는 지호의 모습이 눈에 들어왔다.

그때 잭이 고개를 돌리며 손을 흔들었다.

"오! 말라이카!"

"안녕하세요, 잭. 저 왔어요."

말라이카가 자연스럽게 걸어와 지호의 맞은편에 앉자 잭이 물었다.

"같은 학년이라더니 둘이 친한 사이였군. 두 사람 모두 마시던 걸로?"

"네."

말라이카와 지호가 동시에 대답했다.

고개를 끄덕인 잭이 음료를 제조하러 가자, 말라이카가 먼저 입을 열었다.

"자, 한번 말해봐. 나랑 같은 그룹에 지원한 이유가 뭐야?"

"학교 홈페이지에서 기록을 찾아봤더니 작년에는 실력 있는 학생들이 전부 찢어져서 편을 갈랐더라고."

"그건 당연한 거야. 누군가의 지시를 받길 원치 않으니까. 너도 내 의견에 따라 움직이긴 싫을 텐데?"

"미안하지만 난 그렇게 생각하지 않아."

그때 잭이 커피를 내왔다.

"잘 마실게요, 잭."

"고마워요."

지호와 말라이카의 인사를 받은 잭은 어깨를 한 번 으쓱이곤 자리를 피해주었다.

한 모금 맛을 본 지호가 말을 이었다.

"지금 A그룹으로 급격히 몰렸어. B, C, D그룹에는 공석이 생긴 셈이지. 이제 남은 조정 기간은 이틀. 우리가 함께 B그룹으로 옮기는 건 어때?"

"제정신이야? B그룹에는 앤 로버츠가 있어. 우리 관계를 모르진 않을 텐데?"

"그래서 제안하는 거야."

지호는 빙그레 웃으며 덧붙였다.

"어차피 영화는 여러 사람이 만드는 거야. 즉, 경쟁에서 이기더라도 개인의 공이 아니란 뜻이지. 이렇게 생각해 보면 경쟁이란 것도 무의미하지 않아?"

그 말도 일리가 있었지만 정작 말라이카가 궁금한 점은 따로 있었다.

"우리를 한데 모아서 뭘 하려는 거야?"

"나 역시도 관객들이 원하는 걸 보고 싶을 뿐이야. 감독 자리 탐낸다고 해서 다 되는 것도 아니고, 그 자리를 누가 갖게 되든 그룹 내 공정한 투표로 정해지는 거니까. 서로 자연스레 결과를 받아들이면 되는 거잖아."

"뭐, 그야 그렇지만."

"…내가 한국에 있을 때도 NFTS의 명성은 대단했어. 이런 대단한 영화 학교에서도 1, 2위를 다투는 앤 로버츠와 네가 협동해서 만든 영화를 보고 싶어. 물론, 그 그룹에 나도 함께 참여하고 싶고. 얼마나 대단한 작품이 나올지 궁금하지 않아?"

지호 말을 들은 말라이카는 피식 웃었다.

"그건 둘째 치고. 결국 연출이 가장 큰 발언권을 가져갈 텐데? 중간에 의견 대립이 생기면?"

"말라이카, 의견 대립은 누구랑 작업하든 똑같이 겪는 문제야. 그거 말고도 더 문제될 부분이 있어?"

말라이카는 입을 꾹 닫고 고민에 잠겼다. 그동안 일종의 고정관념처럼 경쟁자를 경계만 해왔었다.

그런데 지호는 생각해 본 적 없는 방식으로 이 실습 과정에 접근한 것이다.

물론 여전히 문제는 있었다.

"넌 모르겠지만, 앤 로버츠랑 난 생각이 완전 달라. 누가 연출을 맡든 개랑 나 사이엔 분명 불협화음이 일어날 거야."

그러나 지호는 막힘없이 대답했다.

"단둘이서 영화를 만드는 게 아니잖아? 사전에 철저하게 역할 분담을 한 뒤, 장면마다 다수결 원칙에 따라 진행하면 돼. 하면 돼. 날 한번 믿어보지 않을래?"

더 이상 거절할 명분이 사라진 말라이카는 고민에 잠겼다.

'어차피 작품만 잘 나오면 되는 거잖아. 상관없지 않을까?'

그때 그녀는 다음 날 자신이 겪게 될 상황을 미처 알지 못했다.

*   *   *

"빌! 뭐야? 말라이카가 낀다는 얘긴 없었잖아?"

금발에 푸른 눈을 가진 앤 로버츠가 물었다.

빌은 난처한 얼굴로 지호를 보았다. '어떡하지? 좀 도와줘!'라고 표정에 쓰여 있었다.

그럼에도 지호는 잠자코 있을 뿐이었다.

대신 말라이카가 앤에게 대답했다.

"끼긴 누가 꼈다고 그래? 만년 2등 주제에 친한 척 이름 부르지 말아줘, 앤 로버츠."

앤은 눈을 휘둥그레 뜨고 손가락으로 말라이카를 가리키며 물었다.

"저거 봐, 쟤 말하는 거 봤지?"

오가는 대화가 심상치 않았다.

곤경에 처한 빌은 가운데서 두 사람을 중재하려 들었다.

"자자, 둘 다 너무 그렇게 날 세우지 말고……."

말라이카는 그 말에 신경 쓰지 않고 칼같이 잘라내며 앤에게 시퍼런 날을 세웠다.

"남한테 얘기하지 말고 나한테 직접 말해. 왜, 무서워?"

"하! 기가 막혀서… 내가 널 무서워한다고?"

앤이 쌍심지를 켜며 말을 이었다.

"직접 말을 섞기 싫었을 뿐이니까 착각하지 마. B그룹에 내가 있다는 걸 모르진 않았을 테고, 도대체 왜 이쪽으로 그룹을 옮긴 거지? 난 너랑 못 하겠으니 미안하지만 나가줬으면 좋겠어."

"내가 왜? 네가 나가."

"네가 막바지에 갑자기 그룹을 옮긴 거잖아!"

"남이사 옮기든 말든? 감독 선출에서 이길 자신이 없나 보지? 하긴… 영화과 2학년 전체가 이미 작년에 너랑 내 실력 차이를 직접 두 눈으로 확인했는데 자신이 없겠지."

"이……!"

말라이카의 노골적인 도발에 걸려든 앤이 폭발하려는 순간, 잠자코 있던 지호가 드디어 입을 열었다.

"둘 다 잠시만."

조용하지만 또렷한 음성이었다.

말라이카와 앤의 시선이 그에게 향했다.

잠시 틈을 두고 지호가 말을 이었다.

"모두 알고 있겠지만 이미 그룹 이동을 할 타이밍은 지났어. 어차피 한 배를 탄 이상, 한 방향으로 노를 저어야 하지 않을까?"

그에 말라이카가 고개를 끄덕였다.

"그래, 뭐. 어차피 감독 선발이 끝나면 모두 정리될 문제니까."

빌이 불쾌한 표정의 앤을 보며 말했다.

"말라이카 말이 맞아, 앤. 일단 투표를 해보자."

"알겠어. 하지만 내가 지금 가만히 있다고 해서 이 상황을 전부 받아들였다고 착각하지 마. 나만 피해 보고 싶지 않아서 참는 것뿐이니까."

그녀는 마지못해 말했다.

이내 빌, 말라이카, 앤을 제외한 나머지 네 명의 학생들도 동의했다.

지호는 자신을 포함한 여덟 명의 팀원 모두에게 투표용지를 돌렸다.

"모두 감독 역할을 맡았으면 하는 사람의 이름을 쓰면 돼. 단, 원칙상 본인 이름은 적으면 안 되는 거 알고 있지?"

팀원들 모두가 고개를 끄덕였다.

곧이어 투표가 시작됐고, 저마다 떠오른 이름을 투표용지에 적었다.

'과연 내 예상대로 말라이카가 될까?'

지호는 그녀가 선발될 가능성이 가장 크다고 생각했다. 작년도에 이미 실력을 검증했기 때문이다.

'인정받은 사람이 팀을 이끄는 편이 가장 안정적인 방법이야.'

멀리 내다보고 전체를 생각한 그는 망설임 없이 말라이카의 이름을 적었다.

잠시 후, 투표용지를 모두 회수한 지호는 꼭꼭 접힌 종이를 펴며 공개했다.

"그럼 바로 발표할게. 먼저 말리이카 한 표······."

다음, 그다음에도 말라이카가 연달아 세 표를 받았다.

그때까진 지호의 예상이 맞아떨어지는 듯싶었다.

순간 앤이 한 표를 받았다.

'드디어 반격인가?'

모두가 그런 생각을 했지만 반격은 없었다. 대신 반전이 일어나기 시작했다.

그 후 지호가 세 표를 받은 것이다.

상황이 이쯤 되자 앤은 말라이카를 쏘아봤다.

'쟤도 신지호를 찍은 거야?'

말라이카 또한 같은 생각을 하고 나머지 팀원들의 눈치를 살폈다.

'앤 로버츠랑 나, 그리고 빌 안데르센이 지호에게 표를 던졌을 거야.'

여기까진 어느 정도 예상 범주 안쪽이었다.

현재 자신과 지호는 각각 세 표씩 동률.

문제는 마지막 남은 한 명이었다.

'이번 표에서 승패가 갈릴 거야.'

그리고 마침내 지호가 투표용지를 펼쳤다.

"마지막 한 표는… 신지호라고 적혀 있네요."

말라이카는 미간을 찌푸렸고 앤은 안도의 한숨을 내쉬었다. 다른 팀원들 역시 희비가 극명하게 갈렸다.

지호는 지금 상황이 달갑지만은 않았다.

'날 진심으로 지지한 사람이 몇 명이나 될까?'

대부분 상황에 의해 투표를 했을 터였다. 한 예로, 이 자리의 세 사람은 티가 날 정도로 불만이 가득한 얼굴이었다.

한편 팔짱을 낀 말라이카가 대뜸 스티븐에게 물었다.

"표정을 보아하니 너도 신지호를 뽑은 것 같은데… 맞아?"

"맞아, 말라이카."

스티븐이 담담하게 대답하자 그녀는 눈꼬리를 살짝 떨었다. 스티븐만은 자신에게 표를 주리라 확신하고 있었기 때문이다.

"다른 사람은 몰라도, 작년에 나와 한 팀이었던 네가 내 뒤통수를 칠 줄이야."

"모두 앞에서 보란 듯이 다투는 너희에게 표를 줄 수는 없었어. 너희 둘보다 높은 표를 득표할 가능성이 있는 사람은 신지호뿐이었고."

말라이카는 충격받은 얼굴로 꿀 먹은 벙어리가 됐다. 스티븐의 논리는 따질 여지가 없었다. 비록 태연한 척했다지만 앤에게 감정적으로 굴었다. 그것도 팀원들 앞에서.

한편 지호는 쓴웃음을 지었다. 결국 스티븐마저도 선택의 여지가 없었을 뿐, 딱히 그를 지지한 것이 아니란 사실이 판명났다.

'이번에도 꽤나 험난하겠어.'

내심 생각한 지호가 팀원들과 일일이 눈을 맞추며 천천히 입을 열었다.

"분명 지금 결과가 마음에 안 드는 사람도 있을 거야. 아무도 예상하지 못한 결과니까. 하지만 우리가 최고의 실력자들이 모인 막강한 드림팀이라고 생각해. 다들 동의하지?"

누군가는 자신만만한 표정을 짓기도, 누군가의 얼굴에는 쑥스러운 미소가 번지기도 했다. 그러나 드림팀이 결성되었다는 사실에 토를 다는 팀원은 단 한 명도 없었다.

고개를 끄덕인 지호가 다시 말을 이었다.

"그래서 난 모두가 마음 편히 기량을 발휘할 수 있도록 각자의 영역을 존중할 생각이야. 누군가 멍청한 실수를 하지 않는 이상 서로 참견하지 않는 거지. 또 중요한 결정에 있어서는 무조건 다수결의 원칙을 따를 거고. 그러니 이제 역할 분배를

한 다음 끝내주는 영화를 만들어 보자. 다 같이 파이팅 한
번 할까?"

그는 모두에게 물음을 던지며 손등을 뻗었다.

가장 먼저 말라이카가 자신의 손을 얹었다.

"날 다루려면 긴장 좀 해야 될 거야."

다들 손을 얹고 앤을 쳐다봤다.

그녀는 마지못해 마지막 손을 보탰다.

"같은 그룹에 있으면 팀으로 경쟁하는 것보다 개개인 실력
차이가 도드라질 거야. 괜찮겠어, 말라이카 팔빈?"

"불쌍한 앤… 넌 나한테 경쟁심 같은 감정을 가지고 있나
본데, 내가 보기에 넌 그냥 루저일 뿐이야."

그녀들의 신경전을 자르며 지호가 말했다.

"자자, 미운 정이 더 깊다는 말도 있으니 서로 닭살 돋아가
며 억지로 화해하라고는 안 할게. 단, 사적으로 다툴 기력은
아껴두는 편이 좋을 거야. 안 그래도 영화 만들기 시작하면
힘겨울 일이 많을 테니."

지호가 입 아프게 중재를 하고 나서야 말라이카와 앤이 조
용해졌다. 하지만 그는 크게 걱정하지 않았다.

'영화를 위한다는 같은 방향성을 갖고 대립한다면, 그건 오
히려 긍정적인 효과를 불러올 수 있어.'

의견 대립 자체는 문제가 아니었다. 박 터지게 다투는 두

사람의 의견을 깔끔하게 정리할 수만 있다면 더 훌륭한 결과
가 도출될 것이다.

＊　　＊　　＊

한편 NFTS 홈페이지에선 난리가 났다. 지호와 말라이카가
동시에 A그룹을 빠져나가면서 A그룹으로 옮긴 학생들은 그야
말로 새가 돼버렸다.

앤 로버츠가 있는 B그룹은 두 사람이 합류하면서 정원이
전부 찼기 때문에 더 이상 지원할 수가 없었다. 지호의 동향
을 놓고 초재기를 하던 학생들만 C그룹과 D그룹의 남은 자리
를 채우게 된 것이다.

빌은 홈페이지와 SNS를 통해 반응을 지켜보며 말했다.

"상황이 재밌게 됐어. 강팀에 기대서 높은 학점을 받으려던
기회주의자들의 말로랄까? 물론 C, D조에 들어가서 말라이카
나 앤이랑 경쟁하고 싶어 하는 애들이 더 많긴 했지만……"

"굳이 그걸 노렸던 건 아니었는데."

지호는 머쓱하게 대답했다.

빌은 강팀에 들어가려고 초재기를 하던 이들을 일컬어 기
회주의자라고 했지만, 지호는 그들을 비난하고 싶은 생각이
조금도 없었다.

'뭐, 사람마다 생각이 다를 수 있는 거지.'

간단히 결론 내린 그가 화제를 돌렸다.

"참, 오늘 아침에 잭의 카페에 다녀왔어."

"데어(There)에? 나랑 같이 가지!"

"네가 깨워도 안 일어나더라고."

지호 대답에 빌이 어색하게 웃었다.

"하하, 네가 매일 너무 일찍 일어나는 거야."

"어쨌든, 제임스 피터젠이 보낸 우편물에 USB 하나만 달랑 들어 있었어."

"응? 웬 USB?"

"글쎄? 지금 확인해 보려고."

바지 주머니에서 USB를 꺼낸 지호가 노트북에 연결했다. 그 안에는 무려 여섯 시간 분의 동영상이 들어 있었다.

빌은 고개를 갸웃했다.

"뭐지? 어서 클릭해 봐!"

"아직."

지호가 망설이자 빌이 풋 웃음을 터뜨렸다.

"설마 포르노라도 보냈으려고?"

"아니, 뭐… 시작하자마자 필명에 대한 얘기가 나올 수도 있 잖아."

그제서 빌은 아차 싶었다. '미스터 블루'로 시작되는 내용을 옆방 사람들이 듣기라도 한다면 일이 복잡해지는 것이다.

"일단 음소거부터 하자."

빌은 노트북의 음소거 버튼을 누른 뒤 동영상을 열어보았다.

"영상 편지나 그런 건 아닌 것 같아. 무슨 촬영 현장 같은데?"

그는 두 사람만 들을 수 있을 정도로 볼륨을 낮추고 음소거를 취소시켰다.

순간 화면에 뜻밖에 인물이 비춰졌다. 도발적인 표정으로 연기를 하고 있는 리나 프라다였다.

"아, 이건……?"

지호가 혹시나 하는 마음에 중얼거리자, 빌이 긴장감에 딱딱하게 굳은 표정으로 물었다.

"〈톱스타와의 일주일〉 대본 리딩 현장 아니야?"

이어지는 리나 프라다의 대사를 들은 지호가 고개를 끄덕였다.

"응, 맞는 것 같아."

"맙소사. 정말로 내 룸메이트 작품에 리나 프라다가 출연하게 되다니! 이것 좀 봐! 네가 쓴 대본 속 인물을 연기하고 있다구!"

지호 입가에도 미소가 번졌다.

'기분 묘하네.'

리나 프라다는 여주인공의 모티프였다. 각본을 쓰며 줄곧 생각하던 할리우드 탑배우가 실제로 자신이 쓴 각본을 연기하고 있는 것이다.

영상 속, 연기를 마친 리나 프라다가 살짝 굳은 표정으로 앉아 있었다. 그리고 이내 한 노인이 화면 안으로 들어섰다.

그 얼굴을 확인한 빌이 저도 모르게 탄성을 내뱉었다.

"헐, 대박. 이것 봐! 파비앙 티라르 감독이야!"

"쉿!"

혹여 옆방에 들릴까 검지를 입술에 대며 조용히 시킨 지호였지만, 그 역시 영상에서 눈을 떼지 못하고 있었다.

파비앙 티라르 감독은 리나 프라다의 곁에 와서 연기 지도를 했다. 리나 프라다는 고개를 끄덕이며 진지한 얼굴로 경청했다.

덩달아 심장이 울렁울렁한 빌이 고개를 돌려 지호를 보며 물었다.

"당장에라도 현장으로 달려가고 싶지?"

"응."

지호가 대답하자 빌이 모니터를 보며 다시 물었다.

"지금이라도 정체를 밝히고 촬영 들어가면 현장에 놀러가는 게 어때? 물론 나도 데리고 말이야. 그렇게만 해준다면 평생 은혜를 잊지 못할 거야."

"빌, 일단 저긴 미국이고… 우린 지금 당장 학교에서 할 일
이 너무 많아."

타이르듯 침착하게 대답한 지호는 영상 속 대본 리딩 현장
을 유심히 들여다보며 덧붙였다.

"영상만으로도 파비앙 티라르 감독에게 배울 점이 많을 거
야."

그는 이어서 리나 프라다가 연기하는 부분을 섬광 기억으
로 찍어내기 시작했다. 그녀의 호흡, 말투, 표정 등 연기적인
특징들을 하나씩 눈에 담는다.

번쩍!

마침내 머릿속에 새하얀 빛이 수차례 번졌다.

Chapter 6
각본을 살리는 연출

대본 리딩 현장을 담은 영상을 보냈던 네러티브 제작사의 제임스 페터젠은 이후에도 촬영 때마다 새로운 영상을 보내 주었다.

　지호는 강의 시간을 제외하고는 한동안 기숙사에서 두문불출했다. 그는 〈톱스타와의 일주일〉 제작 영상을 보고, B그룹 팀원들이 작년에 만들었던 작품들을 분석했으며, 영국 문화와 잘 맞는 소재를 찾기 위해 다양한 장르의 소설들을 읽었다.

　그사이 실습 기간이 점점 다가오자 교수들은 강의 시간에 저마다 미션을 하나씩 내려주었다.

먼저 연기 연출과 카메라 기술 과목을 담당하고 있는 닉 바우만 교수는 NFTS와 협력 관계인 학교들을 열거하며 신인 배우 발굴을 주문했다. 실습 작품의 배우 절반 이상을 신인으로 섭외하라는 조건도 덧붙였다.

뿐만 아니라 영화제작과 사운드 디자인 과목을 맡고 있는 스티븐 짐머 교수는 가족·지인·업체 누구에게라도 투자를 받아서 소액의 제작비라도 마련해 보고, 투자처를 명시할 것을 요구했다.

그 외에도 몇 가지 미션 내용이 더 있었다. 이런 부분만 봐도 영국국립영화학교(NFTS)의 실습 과정이 실전과 유사하다는 사실을 알 수 있었다.

한편 실습 작품의 제작과 연출을 총괄하게 된 지호는 한 달 정도 지났을 무렵 B그룹을 소집하고 회의가 있는 강의실로 향했다.

강의실 안에는 지호를 제외한 B그룹 팀원들이 모두 도착해 있었다. 그들은 자유분방하게 앉아 음악을 듣거나 휴대폰을 만졌다. 꽤나 어수선한 분위기였지만, 지호는 개의치 않고 말했다.

"우선 오늘은 역할 분담 회의를 할 거야. 본인이 희망하는 역할에 대해 얘기하면 돼."

그 말을 듣고 이어폰을 귀에서 제거한 말라이카가 먼저 희
망하는 역할을 밝혔다.

"난 미술과 의상을 맡고 싶어."

앤도 질세라 말했다.

"난 음향."

그녀는 일부러 말라이카와 겹치는 분야를 선택하지 않았
다. 여러 역할 중에 그나마 손이 덜 가는 음향을 맡길 희망했
다. 울며 겨자 먹기로 결정된 그룹이기에 별반 애정이나 의욕
이 없었던 것이다. 어서 촬영이 끝나길 바랄 뿐이었다.

그룹 내에서 가장 뛰어난 실력을 가졌다고 평가받는 앤과
말라이카가 원하는 역할을 선점하자, 나머지 팀원들이 바쁘게
시선을 교환하며 입을 열었다.

"대충 사이즈 나온 것 같은데, 난 남는 자리로 갈게."

"나도 뭐, 어떤 역할이든 상관없어."

빌을 포함한 여러 명이 고개를 끄덕였다.

이로써 우려하던 잡음 없이 역할 분담이 수월하게 진행되
어갔다.

각자 역할이 자연스레 정리되어 갈 무렵 스티븐이 손을 번
쩍 들었다.

"난 카메라를 잡고 싶어. 꽤 자신 있거든."

그 말을 듣는 순간 빌은 지호를 의식했다. 지호 역시 이번

실습에서 카메라를 잡고 싶다고 말했었기 때문이다.

그러나 정작 지호는 아쉬운 마음을 내색하지 않았다.

"그래, 좋은 생각이야."

팀원들의 전력 분석은 이미 끝난 상태였다. 그가 보기에 스티븐의 촬영 솜씨는 믿을 만했고, 그래서 양보를 결심한 것이다.

지호는 나머지 팀원들을 보며 물었다.

"조연출에 들어가고 싶은 사람도 있을 것 같은데?"

"조연출은 내가 맡을게!"

빌이 힘차게 지원했다.

고개를 끄덕인 지호가 명단에 그의 이름을 적었다.

회의는 계속해서 안정적으로 진행됐다. 그러나 아직 마지막 문제가 남은 상태였다.

결국 지호는 팀원들이 쉬쉬하며 미루던 질문을 입 밖으로 뱉어냈다.

"자, 그럼… 각본은 어떻게 할까?"

모든 영화는 각본을 바탕으로 제작된다. 그야말로 영화의 성패가 각본에 달렸다고 해도 과언이 아니다. 즉, 각본을 쓰는 사람은 작품 결과에 대한 책임도 가장 무겁다. 그 책임감만큼이나 오랜 시간이 걸리는 고된 작업이었다.

이때 말라이카가 직설적으로 말했다.

"각본은 감독이 맡는 게 어때? 일관성 있는 영화가 나오려면 제작과 연출을 도맡은 사람이 각본도 써야 한다고 생각해."

말을 예쁘게 포장했지만 지호에게 부담을 얹으려는 의도가 분명했다. 그녀 자신에게 SOS를 치라고 무언의 압박을 하고 있는 것이다.

'제작, 연출, 각본까지 내가 다 해먹으라고?'

이렇게 되면 만약 영화가 실패할 경우, 책임도 혼자 짊어지는 꼴이 될 터였다.

문제는 그것뿐만이 아니었다.

현재 '미스터 블루'로 활동하고 있는 마당에 새로운 각본을 쓰기가 애매했다. NFTS 작품은 여러 공식 석상에 진출하는 경우가 빈번하기 때문에 각본이 노출되면 의심을 살 여지가 있는 것이다.

그럼에도 지호는 무언가 생각해 둔 바가 있는지 담담하게 대답했다.

"오케이. 그럼 각본은 내가 준비해 볼게."

순간 깜짝 놀란 빌이 입 모양으로 물었다.

'어쩌려고 그래?'

그러나 지호는 보일 듯 말 듯한 미소를 머금고 회의를 마무리했다.

"대신 모두들 맡은 분야에서만큼은 충실히 준비해 줘. 장소 선정이나 배우 섭외는 각본이 나오면 다시 얘기하자."

　　　　　*　　　　　*　　　　　*

　회의를 마치고 기숙사에 돌아온 지호는 통장 잔고를 확인
했다.

　〈부산〉의 상업화가 결정된 후 받은 선금이 한화로 오백만
원. 〈톱스타와의 일주일〉을 포함해 영국에서 쓴 각본 세 편으
로 받은 선금만 1만 3천 파운드(한화로 약 천오백만 원)다.

　한국에서 〈부산〉이 흥행 가도를 달리고 있고, 〈톱스타와의
일주일〉을 비롯한 두 작품도 제작에 들어갔으니 곧 성과금도
들어올 예정이었다.

　'신인 작가 판권료로 이 정도면 충분할 것 같은데.'

　지호는 두 눈을 반짝반짝 빛내며 지난 한 달간 수십 번 읽
었던 소설책을 바라보았다.

　그리고 마침내 결심한 듯 말했다.

　"할 수 있어."

　그는 소설책 표지의 출판사 이름을 인터넷에 검색해 전화
를 걸었다. 연결음이 몇 차례 들려오더니 이내 출판사 직원이
전화를 받았다.

　ー전화 주셔서 감사합니다! 런던 퍼블리싱(London
Publishing)입니다.

"아, 네. 반갑습니다. 전 NFTS에서 영화를 전공하는 학생입니다. 실례되지 않는다면 소설 판권 관련해서 〈투데이(Today)〉를 쓰신 필립 코코 작가님의 연락처를 알 수 있을까요?"

―귀하의 연락처를 남겨주시면 담당자가 코코 작가님께 먼저 의사를 여쭤본 뒤 연락드리도록 하겠습니다.

"알겠습니다, 제 번호는 079—XXXX—XXXX입니다. 꼭 연락주세요!"

연락처를 불러준 지호가 전화를 끊었다.

그사이 귀를 쫑긋 세우고 있던 빌이 물었다.

"소설 판권? 설마 소설을 영화로 만들 생각이야?"

"응, 물론 각색을 거쳐야겠지만."

지호의 대답을 들은 빌은 무릎을 탁 쳤다.

"오! 그럼 작품 스타일로 널 알아볼 사람은 없겠다."

"꼭 정체를 숨기고 싶어서라기보다… 그렇잖아도 탐났던 내용이거든. 선뜻 엄두를 못 내고 있었는데, 생각해 보니 저예산으로 제작할 수 있을 것 같아서."

지호는 소설책을 빌에게 넘겼다.

빌은 책 표지를 넘기며 물었다.

"근데 이거 베스트셀러는 아니지?"

"응. 신인 작가가 쓴 책이야. 출간일도 얼마 안 됐고."

지호의 설명을 들은 빌은 고개를 끄덕였다.

"그럼 판권료도 높진 않겠네. 럭비 이야기라… 일단 시작은 흥미로운데? 재밌을 것 같아."

지호가 어깨를 으쓱였다.

"후반부 분위기가 암울하긴 해. 그래서 투자받기가 영 힘들 것 같긴 한데, 잘만 만들면 꽤 괜찮은 작품이 될 수 있을 거야."

스포츠물은 세계적으로 사랑받는 장르였다. 그러나 더 이상 영화계는 어두운 분위기의 영화를 원치 않는다. 아무리 명작이란 꼬리표가 붙어 있어도 내용이 암울하다는 소문이 퍼지면 일단 볼 엄두조차 안 내는 것이 문제였다.

즉, 흥행이 힘들단 의미다.

'그렇다고 후반부를 바꾸면 작품의 존재 의미가 사라져.'

지호는 영화의 성패를 떠나 〈투데이〉가 썩 마음에 들었다. 소재 역시 딱 맞아떨어졌다. 한국에서 럭비는 비주류 스포츠였지만, 세계적으로 봤을 땐 인기몰이를 하고 있는 종목이었다. 하물며 시초국인 영국에서는 말할 것도 없었다.

한편 소설 속에 풍덩 뛰어든 빌은 금세 흠뻑 젖어들며 중얼거렸다.

"이거 완전 재밌는데? 예산도 얼마 안 들겠어!"

전반부는 밝은 분위기였다.

지호는 씨익 웃었다.

"감동도 있을 거야."

그는 이내 시선을 돌리며 제임스 페터젠이 보내준 〈톱스타와의 일주일〉 현장 영상을 돌려보았다.

그리고 얼마 지나지 않아, 지호의 휴대폰에서 진동이 울렸다.

지이잉— 지잉.

낯선 번호를 확인한 지호는 전화를 받았다.

"네, 신지호입니다."

이어 굵직한 음성이 들려왔다.

─반갑습니다, 런던 퍼블리싱의 필립 담당자 닐 대니입니다. 전화 주셨었다고요?

"아, 네. 판권 관련해서 필립 코코 작가님을 좀 뵙고 싶습니다."

─NFTS 영화과 학생이라고 들었는데… 그럼 영화화를 생각하고 계신 건가요?

"그렇습니다."

지호의 대답을 들은 전담 편집자 닐 대니는 뜻밖에도 기다렸다는 듯이 긍정적인 답변을 내놓았다.

─영국국립영화학교(NFTS)가 전도유망한 학생들로 가득하다는 건 공공연한 사실이죠. 그렇지 않아도 필립은 영화에 관심이 많습니다. 어쩌면 좋은 인연이 될 수도 있겠군요. 시간 괜찮으시면 내일 저희 출판사로 방문해 주시겠습니까?

다음 날은 마침 오전 강의만 있었다.

지호가 물었다.

"물론이죠. 언제쯤 가면 될까요?"

―오후 한 시까지 오셔서 함께 점심 드시죠. 위치는 문자로 보내드리겠습니다.

"알겠습니다, 그럼 내일 뵐게요!"

지호는 전화를 끊은 뒤에도 가슴이 두근거렸다.

책을 읽다 말고 조마조마한 표정으로 지켜보던 빌이 물었다.

"뭐야? 어떻게 됐어? 약속 잡은 거야?"

"응, 내일 오후 한 시."

"와우!"

빌은 얼굴이 빨개져서 흥분했다.

"일이 술술 풀리는데?"

"맞아, 조짐이 좋아."

동의한 지호는 설레는 마음에 그날 밤늦도록 뒤척이며 잠을 이루지 못했다. 다음 날 오전 강의를 마친 그는 비콘스필드를 떠나 런던으로 갔다.

지호는 런던 퍼블리싱에서 전날 통화했던 닐 대니를 만났다.

"발음이 자연스러워서 미처 눈치채지 못했습니다."

청바지에 카라티를 입은 닐 대니가 밝게 웃으며 말했다. 지호가 동양인일 줄 미처 예상하지 못했던 것이다.

편안한 인상의 닐을 마주보며 지호가 대답했다.

"감사합니다. 칭찬으로 들을게요!"

"칭찬이에요. 필립은 건너편 디저트 카페에서 기다리고 있습니다."

"아, 네."

닐은 사무실에서 코트를 걸치고 나와 말했다.

"자, 그럼 가시죠."

두 사람은 건너편 디저트 카페로 갔다.

필립 코코는 이십 대의 쾌활한 청년이었다.

그를 본 지호는 조금 놀랐다.

'어? 생각보다 젊네.'

소설의 짜임새 있는 전개와 완숙한 필력으로 봤을 때는 나이 지긋한 작가이겠거니 생각했는데, 지호랑 대여섯 살 차이밖에 나지 않는 것 같았다.

그때 닐이 두 사람을 서로 소개했다.

"여기 손님은 NFTS에서 영화를 전공하고 있는 미스터 신. 그리고 이쪽이 〈투데이〉의 작가 필립 코코입니다."

"반갑습니다."

지호가 먼저 인사를 건네자 필립이 활짝 웃으며 대답했다.

"반가워요! 내 소설이 영화화 제의를 받다니. 너무 설레서 어제 잠을 설쳤습니다."

"잠을 설친 건 저랑 같네요."

소탈하게 웃은 지호가 맞장구를 쳤다.

그들은 서로 제법 좋은 느낌을 받고 있었다.

재치 섞인 몇 마디 덕담이 오간 뒤, 중간에 앉은 닐이 본격적인 계약에 대해 이야기를 꺼냈다.

"판권료는 얼마 정도 생각하고 계신가요?"

지호를 향한 질문이었다.

막상 판권료를 부를 생각을 하니 난처했다. 작품의 가치에 대한 성의를 보이는 일이기 때문이다.

"…작품은 감명 깊게 봤습니다. 제가 이쪽 업계 사정을 잘 몰라서, 가능한 예산 범주 안에서 최대한 작가님 뜻에 맞춰드릴까 합니다."

필립은 아무렇지 않게 고개를 끄덕이며 값을 불렀다.

"1만 파운드."

아직 이름값이 정해지지 않은 신인 작가의 판권에 1만 파운드는 턱없이 큰 금액이었다.

깜짝 놀란 닐이 필립에게 귓속말을 했다.

"필립! 조건을 좀 낮춰. 막말로 NFTS 학생 손에서 영화화될 경우 잘 만들어지면 홍보 효과를 기대할 수도 있는 거고,

볼품없으면 알려질 일이 없으니 우린 손해 볼 게 없는 상황이 잖아. 오히려 우리가 부탁해야 할 처지라고!"

반면 필립은 눈썹 하나 까딱하지 않았다.

"아니. 안 팔면 안 팔았지, 1만 파운드는 받아야겠어."

"필립……."

그때 지호가 시원하게 대답했다.

"알겠습니다. 계약서에 싸인한 뒤 바로 입금할게요. 하지만 그전에 한 가지 부탁이 있습니다."

필립과 닐의 시선이 자신을 향하자, 지호가 말을 이었다.

"소설 후반부 반전을 영화에도 살릴 생각이에요. 내용이 유출되지 않도록 지금 외부에 나가 있는 책을 모두 회수해 주셨으면 합니다."

필립 코코는 잠시 고민하더니 편집자인 닐 대니에게 물었다.

"닐, 가능하겠어?"

닐이 지끈거리는 이마를 짚고 대답했다.

"이런 조건이 붙는다면 말이 달라지지… 분명 회사 입장에 선 반대할 거야. 이미 외부로 나가 있는 책들을 회수하는 건 우리 쪽에서 전부 다시 사들이는 방법뿐인데, 그렇게 되면 나중에야 어떻든 당장은 손해를 보는 셈이니까."

"그렇긴 하지만 자네 말대로 영화가 잘되면 저절로 홍보 효과를 누리는 거잖아?"

"자, 출간된 책들을 모두 회수하고 영화로 만든다 치자. 상영화가 될지 안 될지도 모르는 판국이니 그게 문제라는 거야. 런던 퍼블리싱은 대형 출판사라고. 신인 작가의 사정을 일일이 봐줄 리 없다 이 말이야!"

"하! 웃기는군."

필립이 왼쪽 입꼬리를 올렸다.

닐은 그의 전담 편집자로서 저 표정이 의미하는 바를 잘 알고 있었다. '나 비뚤어질래' 뭐 이런 뜻이다. 이런 상황에선 타이르는 것만이 상책이었다.

"필립……."

그 순간 필립이 말을 잘랐다.

"아무튼 난 〈투데이〉 판권료 보태서 사비로라도 전부 사들일 거니까 납품된 업체 명단이나 뽑아줘."

"정말 돌겠군!"

탄식한 닐이 이어 말했다.

"부탁인데 조금만 더 생각해 줘. 자네 뜻을 전하는 순간 내 무능력을 입증하는 꼴이 될 거야. 솔직히 말하면 모가지가 댕강 날아가도 찍소리 못한다는 소리지."

"닐, 미안하지만 난 내 작품을 영화로 만들어야겠어. 만일 나중에라도 영화가 잘되면 편집장은 언제 그랬냐는 듯 내게 찾아와 알랑방귀를 뀌겠지. 그때가 되면 자네도 더 좋은 조건으로 복직할 수 있을 거야."

"김칫국도 웬만큼 마셔야지! 말하지 않으려고 했는데… 넌 정말 같이 일하기 더럽게 까다로운 괴짜야!"

닐은 욕지거리 뱉는 것을 끝으로 단념하는 듯했다.

두 사람의 대화가 멈추자 지호가 틈을 비집고 물었다.

"그럼 이제 어떻게 되는 건가요?"

필립이 대신 대답했다.

"앞에 모셔다 두고 실례를 범했네요. 뜻밖의 제안을 받은 저희도 경황이 없어서… 우선 들으셨다시피 책들은 회수하겠습니다. 관객들이 반전을 미리 알고 본다면 〈투데이〉란 제목의 영화가 형편없어질 테니까요."

지호는 원하는 대답을 들은 셈이었지만 닐이 신경 쓰였다.

이내 그가 물었다.

"정말 괜찮은 거죠?"

지호의 시선을 받은 닐은 피식 웃으며 어깨를 으쓱였다.

"뭐, 작가인 필립이 결정한 이상 말릴 수는 없습니다. 이제 남은 건 미스터 신이 영화를 잘 만들어주길 기도하는 일뿐이에요."

지호는 그들의 모습을 통해 도박사의 기질을 보았다. 하나같이 대담하고 모험적이었다. 이제 자신이 해야 할 일은 그들이 건 패가 히든카드였다는 것을 알려주는 것뿐이다.

"실망시키지 않겠습니다."

껄껄 웃은 필립이 웨이트리스에게 맥주를 주문하고는 대답했다.

"우리는 이제 형제나 다름없습니다. 부담 갖지 말고 최선을 다하면 돼요. 닐과 저는 항상 그런 식으로 일을 해왔습니다. 그나저나 각색은 어떻게 할 생각이죠?"

지호는 잠시 고민하더니 천천히 입을 열었다.

"음, 제가 직접 할 생각입니다. 일단 각본으로 형식을 바꾸고 내용도 두 시간으로 압축시키겠지만, 원작의 느낌을 최대한 살릴 계획입니다."

원작의 사건을 알맹이로 삼고, 인물의 감정과 행동이 매끄럽게 이어지도록 살을 붙여야 한다. 그것만이 원작의 분위기를 고스란히 살려낼 수 있는 방법이다. 각색 작업이 뜻대로 이루어지기만 한다면 이후 각본을 보는 사람들 누구도 지호를 떠올리진 못할 것이다.

원작자인 필립으로선 두 팔 벌려 환영할 일이었다.

"요즘 제목만 가져다 쓰는 영화들이 많아서 내심 걱정했는데 듣던 중 반가운 소립니다. 하하!"

그는 유쾌하게 웃으며 맥주를 들이켰다.

그때 닐이 서류 가방에서 계약서를 꺼냈다.

"자! 그럼 이제 우리가 정한 금액과 조건대로 정정해서 계약을 진행하시죠."

시중에 나가 있는 소설책들을 모조리 회수하는 조건으로 판권료 1만 파운드를 책정했다.

계약 내용을 확인한 지호가 서명하자 닐이 또 다른 계약서 한 장을 내밀었다.

"이건 영화가 상업화됐을 경우, 원작자에게 돌아가는 수익금에 관한 계약 내용입니다. 통상적인 조건이니 한번 확인해 보십시오."

새로운 계약서를 본 순간 지호는 머리를 굴렸다.

'지금 서명하면 손해야.'

계약서에는 상업화될 경우 흥행 성적에 따른 퍼센티지가 명시돼 있었다. 아직 상업화조차 불분명한 시점에 회사 표준 계약서를 내밀어 협상 없이 유리한 계약을 체결하려는 속셈이 보였다.

지호는 기분에 취해 서명하지 않고 신중하게 말했다.

"아직 크랭크인(Crank in: 촬영 시작)도 하기 전입니다. 이 계약은 상업화가 결정됐을 때 해도 늦지 않을 것 같습니다."

"일단 계약만 해두었다가 상업화가 무산되면 그때 폐기해도 될 일입니다."

닐이 설득해 봤지만 지호는 확고했다.

"하하, 영화제작을 성공적으로 마치면 가뿐한 마음으로 다시 찾아뵙겠습니다."

완곡한 거절이었다.

영화가 잘 뽑히고 교내 평가에서 우수한 성적을 낸다면 영화제에 출품하거나 상영관으로 진출할 수 있을 터. 영화의 흥행이 점쳐진 상황에 계약을 한다면, 닐이 지금 내민 계약서에 명시된 것보다 훨씬 유리한 조건을 성립시킬 수 있을 거라고 판단했다.

지호의 속내를 짐작한 닐은 두 눈을 짧게 빛냈다.

'경험이 없을 텐데 위축되지 않고 능숙한 걸 보면 원래부터 대담하고 영리한 친구야.'

두 사람이 미묘한 분위기로 서로를 마주하고 있는 순간에도 속 편한 필립은 맥주를 몇 병 더 주문했다.

그때 지호가 물었다.

"혹시 책을 몇 권 얻을 수 있을까요?"

"아, 물론이죠. 사무실에 남은 게 있긴 할 겁니다."

대답한 닐이 되물었다.

"그런데 그건 왜……?"

"아, 팀원들에게 각색하기 전 원작을 보여주고 싶어서요."

"원작을 안 본 채로 각본만 보고 작업하는 편이 각본에 충실할 수 있고, 더 낫지 않겠습니까?"

분명 일리가 있는 말이었지만 지호는 고개를 저었다.

"저도 봤는데 함께 영화를 만드는 팀원들도 봐야죠. 그래야 모두 같은 느낌을 갖고 영화를 만들 수 있지 않을까요?"

"처음 봤을 때부터 점차 느낀 거지만 미스터 신은 매사에 확고한 기준을 세워둔 것 같습니다. 그러한 모습 덕분에 더욱 믿음이 가요."

잠자코 있던 필립 역시 닐의 말에 동조했다.

"제 생각도 같습니다. 저도 지금처럼 위험성 있는 계약을 아무나랑 맺진 않아요. 막상 제 작품이 어떻게 될지도 모르는 판국에 나름대로 큰 각오한 겁니다. 그리고 닐, 미스터 신한테 책 좀 챙겨드려."

"오케이."

한편 지호는 두 사람에게 살짝 고개를 숙여 보였다.

"감사합니다, 꼭 원작에 버금가는 좋은 작품을 만들어보겠습니다."

그들은 이후에도 작품에 대한 열띤 대화를 이어나갔다.

시간이 쏜살같이 흐르고 지호가 일어났을 땐, 어느덧 하늘이 노을빛으로 붉게 물들고 있었다.

*   *   *

〈투데이〉 원작을 들고 학교로 돌아간 지호는 이튿날 바로 회의를 소집했다. 런던에서 성공적으로 계약을 마친 그는 비콘스필드의 영국국립영화학교(NFTS) 빈 강의실에 앉아 있었다.

"모두 모였으니 사전 제작 회의를 시작할게."

한마디에 B그룹 전원의 시선이 쏠렸다.

그리고 이내 지호가 말을 이었다.

"우리는 원작 소설을 토대로 영화를 만들 거야. 혹시 〈투데이〉라고 읽어본 사람?"

출간된 지 얼마 안 된 데다 아직 유명세를 탄 소설이 아니라 그런지 읽어본 사람은 단 한 명도 없었다. 그 말은 곧 관객 중에도 원작을 읽고 찾아오는 사람들은 드물 거라는 의미였다.

"만만찮은 판권료를 지불하고 원작의 판권을 사들였을 정도로 아주 재밌는 소설이니까, 각본을 보기 전에 모두들 한 번씩 읽어봤으면 좋겠어."

지호는 진심 어린 말과 함께 팀원들에게 〈투데이〉 원작 소설을 나눠주었다.

책을 들춰보며 말라이카가 입을 열었다.

"소설을 영화로 만들 생각을 할 줄은 꿈에도 몰랐네. 넌 사람을 참 여러 번 놀라게 한다."

그녀는 모두의 심정을 대변하고 난 뒤에 물었다.

"재미가 검증된 작품이라고 해서 좋은 것만은 아니야. 손댄 원작이 재밌을수록 관객의 기대치가 올라가고, 그 기대치를 충족시켜 주지 못한다면 잘 만들어 놓고도 혹평을 듣게 될지도 몰라. 혹시나 해서 묻는 말인데 그 정도는 각오하고 있는 거지?"

말라이카를 일별하며 빙그레 웃은 지호가 모두에게 말했다.

"맞아, 원작을 뛰어넘는 영화를 만들어야지. 하지만 관객들이 원작을 먼저 보고 와서 실망하진 않을까 부담감을 느낄 필요는 없어. 지금부터 영화가 세상에 나올 때까지 원작을 볼 수 있는 사람은 우리와 그전에 책을 사둔 몇몇 사람들뿐이니까."

이번에는 선뜻 알아듣지 못한 앤이 물었다.

"그게 무슨 소리야? 버젓이 출간된 책을 왜 못 봐?"

"원작의 반전을 지키기 위해 출판사 측에 요청해서 시중에 나와 있는 책을 모조리 사들이기로 했거든."

여기저기서 감탄사가 터져 나왔다.

"허! 그게 말이 돼?"

"책을 전부 사들인다고?"

"어떻게 그럴 수 있지?"

지호는 간단하게 설명했다.

"이미 작가랑 편집자도 동의했어."

빌이 엄지를 추켜세웠다.

"후… 그런 게 가능하다니, 또 어려운 일을 해냈네."

몇몇이 박수를 치며 덧붙였다.

"내용도 좋은 것 같은데?"

"근데 럭비라서, 촬영 때 배우들 다치지 않게 조심해야겠어."

중요한 부분이 거론되자 지호가 고개를 끄덕였다.

"맞아, 무엇보다 안전이 가장 중요해. 그래서 주연배우를 제외하곤 현재 실전에서 럭비를 뛰고 있는 사람들로 섭외할까 생각 중이야. 너희들 생각은 어때?"

그에 스티븐이 맹점을 쿡 찌르고 들어왔다.

"하지만 지호, 유명한 선수들 몸값은 3천만 파운드도 넘어. 내 말은, 유명하지 않은 선수들 몸값도 장난 아니란 뜻이야. 차라리 할리우드 배우를 섭외하고 말지, 우리가 우정 출연을 바랄 수 있는 입장도 아니고… 흠, 이건 좀 힘들지 않을까?"

스티븐이 맹점을 쿡 찌르자, 지호가 대답했다.

"그렇지, 고교 선수들만 해도 잘 뛰는 친구들은 몸값이 우리 영화 예산이랑 맞먹을 거야. 하지만 우리가 필요한 사람은 선수가 아니야. 럭비 동아리 정도면 촬영 기술로도 장면을 만들 수 있을 거야."

빌이 고개를 끄덕이며 동의했다.

"음, 어차피 배우들 위주로 카메라가 움직일 테니까 충분히 커버할 수 있을 거 같아."

"바로 그거야."

그를 손가락으로 가리킨 지호가 다른 팀원들에게 시선을 돌리며 말했다.

"일단 배우는 닉 교수님이 주신 미션대로 협력 관계인 학교의 학생들로 선발할 거야. 나랑 빌이 같이 움직이면서 오디션을 보러 다닐게."

오디션은 연출과 조연출의 몫이었다.

불만이 없자 지호는 말을 이었다.

"말라이카는 스티븐과 함께 장소 섭외 및 의상 협찬을 받아줘."

"흠, 오케이."

"그리고 앤, 너만 괜찮다면 예산 확보를 부탁하고 싶은데… 가능할까?"

앤은 눈을 휘둥그레 떴다.

"투자자를 확보하라는 뜻이야?"

"응, 지금 예산으로는 아마 부족할 거야. 넌 작년 B그룹에서 제작과 연출을 같이 맡았었지? 모든 그룹 중 예산을 가장 많이 확보했고."

"그걸 네가 어떻게……."

"학교 홈페이지에 작년 실습 작품은 물론 각자 맡았던 역할, 캐스팅, 예산 내역. 비하인드 스토리까지 나와 있던데?"

같은 그룹이 되면 대부분 그 정도는 서로에 대해 조사한다. 하지만 치밀하게 비교·분석한다거나 어느 정도 기량을 가졌을지 정확히 꿰뚫어 보는 혜안이 있는 사람은 드물었다.

그때 잠자코 있던 말라이카가 중얼거렸다.

"어쩐지… 불만의 여지도 없을 만큼 역할 분담을 정확히 한다 했어. 지난번에도 그렇고, 회의하는 내내 우리 모두를 뼛속까지 꿰뚫고 있는 기분이 들었거든."

그녀는 지호를 고분고분 따를 수밖에 없는 이 상황이 우연의 일치가 아닌, 지호의 철저한 조사와 혜안이 만든 상황이란 걸 확인하자 불쑥 간담이 서늘해졌다.

그 순간 비슷한 기분을 느낀 앤이 입을 열었다.

"…알겠어, 그 부분은 내가 맡아서 진행해 볼게."

말투가 묘하게 달라져 있었다.

지호는 개의치 않고 나머지 팀원들 각자에게 적합한 역할을 주었다. 교내 공용 장비의 대여 날짜를 미리 예약해 두고 개인 장비들은 세척하는 등, 앞으로 있을 촬영에 대비하도록 했다.

B그룹에 속한 팀원들은 지호가 주도하는 흐름에 휩쓸렸다. 그래서인지 감독 선출 결과에 대해 반감을 티내던 몇몇 스태프들도 한풀 수그러든 것처럼 보였다.

　　　　　*　　　　　*　　　　　*

　지호는 스태프 회의에서 말했던 대로 빌과 함께 런던예술대학교(UAL), 왕립예술학교(RCA), 왕립연극학교(RADA) 등을 순회하며 배우 오디션을 진행했다.

　영국국립영화학교(NFTS)의 전도유망한 감독이란 타이틀을 가진 손님은 연기를 전공하는 배우 지망생들에게 귀빈과 다름없었기 때문에 다행히 오디션에 차질을 빚진 않았다. 오히려 예상보다 너무 많은 지원자가 몰려든 탓에 곤욕을 치러야 했다.

　오죽하면 오디션 첫날부터 빌이 난처한 표정으로 말했다.

　"오늘 열두 시간을 잠시도 쉬지 못하고 내리 오디션만 봤어. 이젠 누가 누군지도 헷갈릴 지경이야. 배우들을 거를 만한 기준이 필요하지 않을까?"

　지호 역시 같은 생각이었다. 굳이 여러 학교를 돌아다니는 이유는 각양각색의 학생들을 보고 배역에 최적화된 배우를 선발하기 위해서였기 때문이다.

　"하긴, 지원자가 너무 많은 몰리긴 했어. 그럼 지금부턴 럭비 경험이 있는 학생들만 지원 가능하도록 정하자."

　지호가 핵심을 짚자 빌도 흔쾌히 동의했다.

"오케이, 좋은 생각이야!"

이렇게 해서 지원자 인원을 최적화하나 싶었는데.

영국 남자 치고 럭비공 한 번 안 만져본 이는 드물단 사실을 간과한 게 실수였다. 실질적인 지원자가 별로 줄지 않았던 것이다.

빌은 고개를 절레절레 저으며 중얼거렸다.

"이거야 원… 주인공과 같은 포지션을 경험해 본 사람만 뽑을 수도 없는 노릇이고."

포지션은 캐릭터를 연기하는 것과 무관했다. 체력 좋고 연기 잘하고 럭비 룰만 이해하고 있으면 된다.

잠시 고민하던 지호가 새로운 대안을 내놓았다.

"안 되겠다. 학창 시절 선수로 뛰어본 적이 있거나 지금도 꾸준히 럭비를 하고 있는 사람이란 조건을 추가하자."

"음, 그렇게 하면 이번에는 지원자가 미달되지 않을까?"

"그러진 않을 것 같아. 우리가 내건 조건에 부합한다고 거짓말을 치는 지원자도 분명 있을 테고."

"음… 그럼 진위 여부는 어떻게 가려내게?"

"오디션 자리에서 시켜보면 바로 티가 나겠지. 하지만 만약 그런 대담한 시도를 할 정도로 간절한 지원자가 나온다면 연기 정도는 보고 판단할 생각이야. 나도 예전에 그만큼 간절해 본 경험이 있거든."

지호의 입가에 미소가 번졌다. 〈부산〉 프리프로덕션 당시 무작정 액션스쿨을 찾아갔던 일이 떠오른 것이다.

그런 내막을 짐작조차 못한 빌은 어깨를 으쓱이며 대수롭지 않게 말했다.

"에이, 자칫 전교생의 가십거리가 될 수 있는 일을 누가 하려고?"

"그거야 나도 모르지."

지호는 타인의 따가운 시선을 받거나 입방아에 찧어 가루가 될망정, 반드시 해야 한다고 생각이 들면 그게 무엇이든 주저 없이 시도해 왔다. 그것이 영화를 만드는 일이기 때문이다.

배우도 마찬가지였다. 좋은 작품을 만나려면 때로는 모험을 해야만 한다. 그토록 뜨거운 가슴을 가진 배우가 있다면 지호는 반드시 섭외하고 싶었다.

"여기도 그런 멍청이가 있지 않을까?"

그 말은 예언처럼 딱 들어맞았다.

지호와 빌은 왕립연극학교(RADA)에서 뻔뻔한 라이언 해리스를 만났고, 럭비 경력이라곤 일곱 살 때 삼촌네에 갔다가 럭비공을 만져본 게 전부인 그를 주연으로 낙점하게 된 것이다.

NFTS로 돌아가는 길, 빌이 깔끔하게 정리된 명단을 보여주었다.

"뜻밖의 수확이었어. 배우 열 명을 모두 섭외하다니."

그것도 전부 주연이나 조연이었다.

명단에 적힌 이름을 읽어 내리던 지호가 불쑥 말했다.

"섭외가 끝나고 확정된 배우 명단을 볼 때 든든한 기분이 든다는 건 정말 멋진 일이야! 왠지 모르게 영화가 본격적인 제작에 들어가도 균형을 잃지 않을 거라는 믿음이 생기거든."

"배우들도 널 겪어보면 같은 생각을 할 거야."

흐뭇하게 웃으며 격려한 빌이 덧붙였다.

"기분 좋은 김에 어디 좀 들렀다 가자."

"응? 어딜?"

"데어(There)! 잭이 우릴 기다리고 있을 거야. 오디션 보러 다니느라 3주째 못 갔잖아?"

"아, 벌써 그렇게 됐나?"

지호는 한동안 오디션에 너무 집중한 나머지 편지에 관해 소홀해진 상태였다.

빌은 고개를 끄덕이더니 차분하게 말했다.

"아무리 훌륭한 제작사와 감독, 유명 배우들이 〈톱스타와의 일주일〉을 만들고 있다지만… 작가인 네 취지와 어긋나는 부분이 발생할 수도 있잖아? 그쪽에도 관심 좀 기울이는 게 좋겠어."

"그래야지."

이런저런 이야기를 나누며 잭의 가게 앞에 도착한 두 사람은 정원을 지나 실내로 들어섰다.

역시 오늘도 손님들이 북적북적 했다.

"요새는 한가한 날이 없나 보네."

빌이 아쉬운 표정으로 유일하게 빈자리를 찾아 앉았다. 가장 구석진 곳에 위치한 자리였다.

지호 역시 별반 도리 없이 맞은편에 엉덩이를 붙이고 투덜댔다.

"지금 와서 하는 이야기지만, 난 예전이 더 좋았던 것 같아."

"맞아, 이곳에 오면 마음이 치유되는 느낌이었지."

그 순간 잭이 앞치마에 손을 닦으며 다가왔다.

"너희들 왔구나! 안 그래도 편지가 세 통이나 와서 연락을 해볼까 고민하고 있었는데, 잘 됐다."

그는 앞치마 정중앙에 달린 주머니에서 편지를 꺼내어 건넨 뒤 물었다.

"음료는 늘 마시던 걸로?"

"네!"

"고마워요, 잭."

빌과 지호의 인사를 뒤로한 채, 잭이 음료를 제조하러 갔다.

뒷모습을 빤히 보던 빌이 고개를 돌리며 닦달하기 시작했다.

"어서 확인해 봐. 엄청 궁금하다!"

피식 웃은 지호가 최근 일자에 도착한 편지 봉투부터 가장 먼저 뜯었다. 그는 편지지를 활짝 펼치고 안의 내용을 소리 내어 읽었다.

"오늘부로 이십 일간의 빡빡한 촬영 일정이 마무리됐습니다. 추신, 현장 영상을 첨부했으니 확인 부탁드립니다."

"와, 촬영이 벌써 다 끝났어?"

"그러게, 역시 파비앙 티라르 감독이야."

묵묵히 동의한 지호가 남은 편지지 두 장을 차례로 확인했다. 그곳에는 언제나와 같이 촬영 현장 영상이 담긴 USB 외에도 내밀한 이야기가 상세하게 적혀 있었다.

—미처 말씀드리지 않았지만 리나는 출연 제의를 한 번 거절했었습니다. 이유인즉슨 영화배우를 연기한다는 진부함 때문이었다고 합니다. 그러나 매력적인 대사가 마음에 들어 재고했으며, 파비앙 티라르 감독이 연출로 결정되면서 마음을 확고하게 정한 것이죠.

문제는 배급사 측에서 이 같은 사실을 알고 여주인공의 직업을 가수로 바꾸자고 제안해 왔다는 것입니다. 이미 촬영이 많이 진행된 것을 핑계로 제 선에서 막았으나 확실한 최종 결과는 시사회를 마쳐본 후에야 나올 것 같습니다.

지호는 미간을 찌푸렸다.

"영화를 다 찍어놓고 이러는 경우도 있어?"

빌이 조심스러운 목소리로 대답했다.

"…아무래도 예산이 많이 들어가서 그런 게 아닐까? 우리 같은 학생 영화가 아니잖아. 리나 프라다 출연료만 해도 억 소리 날 텐데."

"안 그래도 여기 써 있다."

피식 웃은 지호가 다음 편지를 보여줬다.

각본 마지막 장면에서 리나는 최근 출연료로 얼마를 받았냐는 질문에 "천만 달러요"라고 대답했지만, 리나의 요청으로 "3천 5백만 달러요"라고 수정하게 됐습니다. 이 3천 5백만 달러는 이번 영화 리나의 출연료로 그녀가 애드리브를 친 거죠!

3천 5백만 달러면 한화로 387억 원이 넘는 액수였다.

빌은 믿기지 않는 듯 입을 쩍 벌리고 있었고, 지호 역시 별로 실감이 나지 않았다.

'게임 머니도 몇 백억은 벌기 힘들 텐데… 그나저나……'

금전적인 부분에 대해 딱히 감흥이 없는 지호가 신경이 쓰이는 이유는 단 하나였다.

'만약 리나 프라다를 내 영화에 출연시키려면, 그녀의 출연료만 4백억 가까이 든단 소리야?'

4백억이면 국내 블록버스터를 한 편 뽑고도 남을 비용이었다. 그녀와 비행기에 나란히 앉아 도란도란 이야길 나눴던 시간이 꿈속처럼 느껴졌다.

그때 겨우 정신 차린 빌이 말했다.

"제임스 페터젠이란 사람, 정말 친절한 것 같아. 이런 세세한 부분까지 다 알려주고."

"맞아. 내 입장을 많이 생각해 주시는 것 같아. 다른 제작사들은 이렇게까지 하진 않더라고."

"당연히 그렇겠지. 각본을 넘긴 이상 감독이 손을 댄다고 해도 권리 주장하긴 애매할 거야. 무명이나 신인 각본가라면 더더욱 그렇겠지."

빌의 말은 현실을 반영하고 있었다.

지호는 방금 읽은 편지를 정리하며 화제를 돌렸다.

"그나저나 다들 잘하고 있겠지? 투자가 가장 걱정이야."

"그러게. 예산이 없으면 아무것도 못하니까."

"비관적인 주제 때문에 스튜디오들도 제작을 꺼려할 거야."

단정 지은 지호가 우려 섞인 목소리로 말을 흐렸다.

"앤이 잘해내야 될 텐데……."

*　　　　*　　　　*

한편 앤은 발품을 팔고 있었다. 그녀는 먼저 작년에 투자 받았던 곳들을 공략해 봤다.

두터운 신뢰를 쌓았음에도 불구하고 이번에는 녹록지 않았다. 영화의 결말을 바꾸지 않는 한 요청한 투자금의 절반밖에 투자할 수 없다는 답변이 돌아왔다.

'이가 없으면 잇몸으로 물어뜯으면 돼!'

앤은 굳은 결심을 하고 티끌이라도 모으기 시작했다.

먼저 낮에는 평소처럼 제작사들을 차례로 방문했다. 그러나 저녁에는 지인은 물론 이웃사촌, 슈퍼마켓 사장님 같은 주변을 공략했다. 그 결과 투자금은 서서히 산을 이뤄가고 있었다.

그사이 얼마나 돌아다녔는지, 앤은 발에 물집이 다 생겼다. 그녀는 씻고 연고를 바른 뒤 먼 곳의 제작사들에게 메일을 보내기 위해 노트북을 켰다.

멍하니 모니터를 보고 있던 앤이 중얼거렸다.

"그런데 나 왜 이렇게 열심히 하지?"

원래 적당히 얹혀갈 생각이었다. 그런데 발로 뛰는 지호를 보면 도무지 양심이 찔려서 배길 수가 없었다.

'다들 이런 마음이겠지?'

앤은 휴대폰으로 B그룹 메신저를 켰다.

이게 웬걸, 말라이카가 섭외 장소로 적합한 현장의 사진을 이미 수백 장은 보내둔 상태였다. 그녀가 덧붙인 내용에는 직접 가본 곳과 아직 가보지 못한 곳이 거리별로 깔끔하게 분류되어 있었다.

"후!"

한숨을 뱉은 앤은 서둘러 타 지역의 제작사들에게 메일을 돌리기 시작했다.

타타타타탁!

그녀의 손이 점차 바쁘게 움직였다.

*　　　　*　　　　*

팀원들이 발 빠르게 움직이고 있을 무렵.

지호는 B그룹 메신저를 통해 보고를 받으며 촬영 계획을 수립해 나갔다. 말라이카가 하루에 보내는 사진만 서른 장이 넘고, 앤이 확보한 예산 내역만 자잘한 금액부터 큰 금액까지 하루 열 건이 넘는다.

그 외에도 팀원들이 보내는 자료를 정리하려면 잠을 깊이 잘 틈도 없이 매일같이 쪽잠이나 청하며 퍼즐 조각 맞추듯 인내심과 집중력을 발휘해야 했다.

빌은 에너지 음료를 건네며 걱정스레 물었다.

"요새 매일 밤잠을 설치던데, 정말 괜찮은 거 맞아?"

"괜찮아. 다들 똑같이 고생하는데 뭘."

지호는 대수롭지 않게 답하며 오랜만에 메일함을 확인했다. 혹시나 해서 본건데 역시나였다. 〈부산〉의 배급사인 씨너스필름으로부터 이메일이 도착해 있었던 것이다.

아마 그 안에는 베니스 영화제 예선 결과가 들어 있을 터였다.

"후……!"

모처럼 긴장한 지호가 이메일 제목을 클릭했다. 이어서 그는 베니스 영화제 예선 결과를 또박또박 읽어 내려갔다.

"축하합니다. 영화 〈부산〉이 기염을 토하며 베니스 영화제 예선을 통과해 본선까지 오르는 성과를 거두었습니다. 본선 진출 시 〈부산〉의 주역 배우들과 함께 베니스 영화제의 초청을 받게 됩니다. 감독님께서는 스케줄 확인 후 참석 유무를 밝혀주시기 바랍니다."

Chapter 7
베니스에서 생긴 일

베니스 영화제가 열리는 이탈리아 베니스의 리도 섬에는 이미 각양각지에서 수많은 관광객이 몰려들고 있었다.

이에 따라 여러 영리 단체와 비영리 단체들도 이벤트 부스를 설치하고 이목을 끌었다.

〈부산〉의 주역들인 선기, 용빈, 유나, 지원도 관계자들과 함께 멀게만 느껴졌던 이탈리아의 땅을 밟았다.

용빈이 한껏 들뜬 표정으로 말했다.

"우리가 베니스 영화제에 초청을 받다니! 이게 꿈이야 생시야? 야, 최유나! 나 좀 꼬집어줘."

"촌스럽게 호들갑은."

유나는 짐짓 눈을 흘기며 나무랐지만 심장이 벌렁거리는 것만은 어쩌지 못했다.

포커페이스를 유지하려 노력하는 유나와 달리 지원은 천진난만한 표정으로 두리번거리고 있었다.

"우와!"

그녀는 어느 한곳도 그냥 지나치질 못했다. 밝게 웃으며 사진을 찍고 영어로 어색한 대화를 나누기도 했다.

아직 그들을 알아보는 사람이 없었기 때문에 유람하듯 자유롭게 움직이는 게 가능했다.

한편 〈부산〉의 주인공이었던 선기는 평소 성격대로 조용하고 덤덤해 보였다.

'우리 극단 가족들도 같이 왔으면 좋았을 텐데.'

한국예술대학교 선후배 관계인 다른 배우들과 달리, 선기는 대학로에서 소규모 공연을 하는 작은 극단 소속의 무명배우였다. 함께 온 다른 배우들이 온실 속 화초라면 그는 야생의 잡초였다.

골방에서 라면으로 삼시 세끼 배를 채우면서도 연극판을 떠나지 못하는 동료들을 직접 봐왔다. 자신마저도 발바닥이 벗겨지도록 프로필을 돌리러 다녔었지만 번번이 오디션에서 낙방하기 일쑤였다. 그렇기에 그는 지금 상황이 더욱 감격스러웠다.

불덩이 같은 감정이 치밀어 오르자 오히려 아무 말도 나오지 않았다.

"하……."

그때 유나가 씨너스 필름 측 대표로 참석한 중년 남자에게 물었다.

"오 팀장님, 지호는 언제 오는 거예요?"

"폐막식 날에나 도착할 것 같다고 연락이 왔습니다. 아무래도 시상식 땐 참석해야 하니까요."

그 대답을 어깨 너머로 들은 용빈이 아쉽다는 듯 중얼거렸다.

"으, 아쉽다! 개막식부터 쭉 같이 보면 더 좋을 텐데."

지원이 고개를 끄덕이며 거들었다.

"가끔 연락하는데, NFTS에서도 영화 만든다고 요새 정신이 없나 보더라고요."

"아무리 그래도 〈부산〉의 감독은 지호잖아. 영화를 만든 사람이 정작 영화제도 제대로 즐기지 못하다니 너무 안타까운데?"

유나는 좀처럼 미련을 못 버렸다.

선기가 그런 그녀를 달랬다.

"아쉬워할 것 없어. 이런 큰 행사에 바로 못 올 만큼 바쁘다는 건 영국에서도 그만큼 중요한 책임을 맡고 있다는 뜻일 테니까."

지원 역시 고개를 끄덕이며 동조했다.

"맞아요, 선배님! 지호가 영국에서도 잘 적응하고 있다는 의미 아닐까요?"

유나는 대수롭지 않게 말하는 그녀 모습이 아니꼬워 보였다. 분명 학교에서 가장 아끼던 후배였는데.

'흥, 작품을 해도 우리랑 하나 더 했으면서 왜 지원이한테만 연락을 하는 거야?'

기어코 지호에 대한 서운함이 엄한 곳으로 향했다. 이 점을 자각하고 고개를 흔들어 잡념을 털어낸 유나는 씨너스 필름의 오준상 팀장을 보며 말했다.

"팀장님, 일단 호텔에 짐을 좀 풀어야겠어요."

*　　　*　　　*

한국의 대학 생활과 영국의 대학 생활은 학사 일정부터 달랐다.

한국의 대학교가 3월부터 다음 해 2월까지 한 학년이라면, 영국의 대학교는 9월부터 다음 해 7월까지가 한 학년이다.

영국국립영화 학교(NFTS)의 학사 일정도 이와 마찬가지였다. 총 세 학기로 구성되어 있는데, 9월 초순부터 12월 초순까지는 가을 학기(Autumn Term), 1월 초순부터 3월 하순까진 봄 학기(Spring Term), 4월 초순부터 6월 하순까진 여름 학기(Summer Term)로 구분되어 있다.

결국 지호는 학기 중간에 교환학생으로 들어온 셈이었다. 그럼에도 진도를 따라가는 데에 아무런 지장이 없었다. 타 학교와 차별화된 수업을 진행하는 NFTS만의 교육 방식 덕분이었다.

'영화 자체를 한국에서보다 훨씬 세분화시켜 심도 있는 수업을 진행하고 있어.'

뿐만 아니라, 대부분 영국 대학교에서의 강의 시간은 하루 평균 3시간 남짓이다. 그러나 그중에도 NFTS의 교육 효과가 더 큰 이유가 있었다.

'나머지 시간에는 자유로운 실습이 가능해. 학생들의 의욕을 고취시켜 보다 빨리 현장 감각을 익히게끔 한다.'

지호는 시간이 갈수록 NFTS가 세계 최고의 영화 학교로 불리는 이유를 납득할 수 있었다.

영화사에 발자국을 남긴 거장들은 말했다. 아무리 훌륭한 이론 수업도 한 번 영화를 직접 만들고 말아먹어 보는 경험만 못하다고. NFTS는 이러한 교훈을 충실히 지키고 있는 것이다.

새삼스레 생각에 잠겨 있던 지호는 슬그머니 눈을 떴다.

그런데 말라이카가 면전에 얼굴을 바짝 디밀고 있었다.

"도대체 무슨 생각을 그렇게 해?"

그녀는 원래 자세로 돌아가며 되물었다.

"한국에 두고 온 애인 생각?"

지호가 피식 웃었다.

"애인은 아니지만 뭐, 비슷해. 머지않아 한국에서 같이 작업했던 배우들과 재회할 예정이거든."

"흐음. 단체로 여행이라도 오는 거야?"

"하하, 그러긴 좀 멀지. 실은 한국에 있을 때 만든 학교 작품이 상업 영화로 개봉하는 바람에 베니스 영화제까지 진출하게 됐어."

"뭐? 베니스 영화제?"

말라이카는 눈을 동그랗게 뜨고 물었다.

"그럼 네 작품이 본선에 진출하기라도 했단 소리야?"

"맞아, 운이 좋았지."

지호의 대답을 들은 그녀는 충격에 빠진 표정이었다.

'말도 안 돼… 1학년 최우수 작품으로 뽑혔던 내 작품도 떨어졌는데……?'

안 그래도 말라이카는 얼마 전 베니스 영화제 위원회로부터 한 통의 소식을 받았다.

투자 받은 예산도 모자라 모델 활동으로 모아둔 사비까지 탈탈 털어서 나름 유명한 B급 영화의 주연급 배우까지 섭외해 찍은 영화가 예선에서 탈락했다는 내용이었다.

그런데 자신이 낙방한 베니스 영화제 본선에 버젓이 진출한 당사자가 눈앞에 있는 것이다.

"제, 제목이 뭔데?"

그녀 물음에 지호는 망설이지 않고 대답했다.

"〈부산〉. 남북한이 통일된 후 이념 차이로 갈등하는 조국의 모습을 다룬 영화야. 장르는 액션 겸 멜로고."

"스토리는 진부할 것 같은데… 한번 보고 싶네."

"기회가 되면."

지호는 살짝 웃었다.

그 순간 강의실 문이 열리며 나머지 팀원들이 들어왔다. 어수선하게 인사를 나눈 그들은 곳곳에 자리를 잡았다.

맨 끝에 입장한 빌이 강의실 안에 모인 이들의 면면을 일별하며 입을 열었다.

"오늘 회의는 크랭크인 들어가기 전, 프리프로덕션 마지막 단계야. 다들 준비됐지?"

다들 자신 있는 표정으로 대답했다.

"물론이지, 빌!"

"걱정 붙들어 매도 될 거야."

"자, 누구부터 시작할까?"

그에 지호가 가방에서 꺼낸 각본을 나눠주며 말했다.

"이건 전에 나눠줬던 원작 소설을 각색해 만든 각본이야. 모두 읽어보고 말해줘. 말라이카?"

말라이카는 미리 호흡을 맞춘 것처럼 교단으로 나가서 스크린에 사진을 띄웠다.

"자, 너희는 지금부터 최종적으로 선택된 촬영지와 의상들을 보게 될 거야. 씬 넘버별로 준비했으니 지호가 준 각본을 한 장씩 넘겨가면서 보면 돼."

한편 말라이카의 각본은 얼마나 들춰 보았는지 이미 너덜너덜해져 있었다. 장소 섭외 때문에 필요한 그녀에게는 일찍이 각본을 송부해 주었던 것이다.

말라이카는 스크린에 백여 장의 사진들을 차례로 띄우기 시작했다. 사진들은 각본 내용의 분위기를 완벽하게 재현해 내고 있었다.

백여 장의 사진을 다 보여주었을 땐 팀원들로부터 갈채가 쏟아져 나왔다. 이 자료를 완성하기 위해 얼마나 고된 노력이 따랐을지 능히 짐작 갔기 때문이다.

"…난 여기까지. 내 다음으로 앤 로버츠가 발표해 줬으면 하는데. 어때, 로버츠?"

지목받은 앤의 표정이 어두워졌다.

'큰일이야, 여전히 예산이 부족해.'

그녀는 손에 들린 USB를 노트북에 연결하고 말라이카와 교대했다. 그러고는 교단에 서서 말했다.

"여러 곳에서 예산을 끌어봤지만 70%밖에 채울 수 없었어. 여전히 30%가 부족해. 그 안에는 우리의 식비, 차비 등도 포함되겠지."

고개를 끄덕인 지호가 설명을 덧붙였다.

"일단 의상은 협찬으로 해결했고, 배우나 장소를 섭외하는 비용도 해결됐어."

앤이 그 말을 받았다.

"맞아, 다만 자잘한 부분이 문제야. 별거 아닌 것처럼 보여도, 작은 틈들이 생기면 영화 자체가 망가질 수 있어. 그전에 어떻게든 예산을 마련해야 돼."

분위기는 확 다운됐다. 앤이 못 구한다면 누가 나서도 못 구한다. 그런 생각이 뿌리 깊이 자리 잡고 있었던 것이다. 예산 문제란 건 열정으로 해결될 성질의 것도 아니었다.

팔짱을 낀 채 지켜보던 지호가 고개를 돌리며 모두에게 말했다.

"다들 너무 걱정 마. 내게 방법이 있을 것 같아."

다들 궁금한 표정이 되었다.

"그게 뭔데?"

"30%나 부족한 예산이 갑자기 어디서 나?"

"혹시 모르지… 기도하면 하늘에서 뚝 떨어뜨려 줄지도!"

팀원들이 떠들썩하니 자조적인 웃음을 터뜨렸다.

덩달아 미소를 매단 지호가 입을 열었다.

"내가 교환학생으로 오기 전 한국에서 촬영했던 작품을 이번 베니스 영화제에 내놓게 됐어. 〈부산〉이란 작품인데, 지금 한국에서 개봉한 상태라 곧 수입금이 들어올 예정이거든."

"와우!"

짧게 감탄한 스티븐이 엄지를 척 세웠다.

"역시 우리 감독님, 능력도 좋아!"

그러나 앤은 여전히 걱정스러운 기색이었다.

"…분배된 수익금을 받을 텐데 과연 그걸로 충당이 될까? 배우들이나 투자자들, 배급사, 제작사에서도 떼어가잖아. 신인 감독이면 더더욱 배당률이 낮을 테고."

"그렇겠지. 아무리 노력한다 해도 우리가 원하는 그림을 만들기에는 부족할 수 있어."

깔끔하게 인정한 지호가 씩 웃으며 말을 이었다.

"하지만 안정적인 자본을 가진 영화가 된다면, 투자를 받기에 그나마 더 나은 조건이 될 거야. 그리고 마지막으로 기대하고 있는 히든카드가 있긴 한데 확실한 게 아니라서……."

핵심적인 부분에서 말끝을 흐리자 모두가 궁금해 죽겠다는 눈빛으로 보고 있었다.

"지호, 왜 얘길 하다 말아?"

"거짓말이라도 믿을 테니 한 번 해봐!"

다들 원하자 마침내 지호가 대답했다.

"〈부산〉이 베니스 영화제 본선에 진출하게 됐어. 꼭 수상이 아니더라도 여기서 좋은 반응을 얻는다면 예산 걱정은 사라질 거야."

이 사실을 미리 들어뒀던 말라이카가 덧붙였다.

"오히려 앞다퉈 줄서기 바쁘겠지. 투자자들은 황금 알을 낳는 거위에게 관대하니까."

그녀와 빌을 제외한 모두가 크게 놀랐다.

"그게 정말이야? 사실이라면 진짜 황금 알을 낳는 거위잖아?"

"세상에! 베니스 영화제 본선 진출이라니?"

"수상이라도 하는 날에는 학교 졸업할 때까지 제작비 걱정이 사라질 거야."

지호는 어깨를 으쓱였다.

"아직 확실한 건 아무것도 없어. 하지만 이 상황이 우리에게 호재인 건 사실이지."

그가 앤을 보며 말을 이었다.

"그래서 말인데, 내가 자리를 비우는 동안 네가 제작 총괄을 해줬으면 좋겠어."

"내가?"

앤은 말라이카의 눈치를 봤다.

지호는 아랑곳 않고 고개를 끄덕였다.

"응, 예산 문제를 가장 잘 알고 있으니까. 그다음 우리 팀 미술감독 역할을 하고 있는 말라이카랑 카메라감독 역할인 스티븐, 조연출 빌이 중심이 돼서 촬영을 시작해 줘."

"촬영을 벌써?"

빌이 묻자 지호는 고개를 끄덕였다.

"응, 모두의 기량을 알고 있으니 믿을 수 있어. 내가 베니스 영화제에 다녀올 동안 각본에 표시해 둔 순서대로 찍고 있으면 될 거야. 물론 금방 돌아오겠지만… 부탁할게. 혹시 도움이 될지 몰라서 중요한 장면마다 내 의견을 달아놨으니 참고해 줘."

지호는 비행기 시간에 맞춰 런던 게트윅 공항으로 향했다. 그를 마중 나온 빌이 여행 가방을 넘기며 말했다.

"몸 조심히 잘 다녀와."

"멀리 떠나보내는 것처럼 인사하지 말아줘, 빌."

"하하! 내가 그랬나?"

빌은 머쓱하게 웃었다.

런던에서 베니스까지는 불과 세 시간 거리. 하지만 폐막식과 시상식 참석 외에 잡다한 스케줄을 끝내면 일주일 후 정도에나 볼일을 마치고 돌아올 터였다.

그는 은근슬쩍 화제를 바꿨다.

"그나저나 괜찮을까? 너 없는 동안 무슨 일이 벌어질지도 모르는데. 혹시 알아? 돌아왔을 땐 말라이카나 앤이 떡하니 감독 자릴 꿰차고 있을지도."

지호가 피식 웃으며 되물었다.

"에이, 그렇게 팀원들을 못 믿어서야, 어떻게 그들의 신뢰를 얻겠어?"

"맞는 말이야."

고개를 주억거린 빌이 작별을 고했다.

"아무튼 잘 다녀와! 우리 대신 영화제 구경도 실컷 하고!"

지호는 런던을 떠난 지 세 시간 만에 마르코폴로 공항에 도착했다. 밖으로 나선 그는 물의 도시 베니스가 품은 고즈넉한 아름다움에 홀리듯 빠져들었다.

"하! 여기가 이탈리아 베니스구나."

지호는 섬광 기억으로 이 순간을 고스란히 담았다.

번쩍, 번쩍!

그다음 가방에서 카메라를 꺼내들고 앵글을 통해 세상을 바라보았다. 사진은 육안으로 보는 것과는 또 다른 매력을 뽐내고 있었다.

지호는 유리알이 부서지듯 내리쬐는 햇볕과 빛이 떨어지는 수면을 이어서 촬영했다. 그러자 마치 신이 은총을 내리는 것 같은 풍경이 연출됐다.

찰칵! 찰칵!

베니스 본섬은 S 자로 흐르는 거대한 대운하를 중심으로 크고 작은 운하들이 거미줄처럼 얽혀 있었다.

교통수단은 배밖에 없고 바로 코앞에 있는 집도 운하 때문에 빙 둘러서 가야 하는 이곳은 지호가 보기엔 불친절한 도시였다. 하지만 그러한 불편함 때문에 더욱 여유가 흐르고 로맨틱해 보이는 곳이 바로 베니스였다.

"아름다워."

지호는 카메라를 내리며 잇새로 자그마하게 중얼거렸다. 그러나 이내 섭섭한 기분을 삼켜야만 했다. 촉박한 일정 탓에 베니스를 관광할 틈이 없었던 것이다.

'이대로 지나쳐야 하다니!'

보이는 곳마다 그림 같은 풍경을 간직한 베니스. 그는 베니스의 풍경이 남긴 짙은 잔상을 음미하며 산 차카리아(San Zaccaria) 수상 버스 정류장으로 향했다.

영화제에 초청받았을 땐 대부분 개최 측에서 준비한 의전 보트를 이용한다.

하지만 늦게 참석하는 경우에는 바포레토(Vaporetto)라고 불리는 수상 버스로 움직여야 하는 것이다.

지호는 매표소 창구 앞에 서서 말했다.

"1회권 주세요."

"7.5유로요."

안내원이 대답했다.

지호는 환전해 온 현금으로 계산을 치른 뒤 베니스의 교통 수단인 바포레토를 타고 리도 섬으로 들어갔다.

30분 정도 배를 타고 들어가자 해변이 보였다. 물론 비키니를 입은 금발의 미녀들도.

지호의 입가에 미소가 번졌다.

*   *   *

리도 섬에 도착한 지호는 일행과 합류했다.

저 멀리 보이는 순간부터 용빈이 두 손을 흔들며 크게 외쳤다.

"지호!"

유나는 슬그머니 올라가는 입꼬리를 어쩌지 못하고 말했다.

"요새 영국에서 잘 지낸다고 지원이한테 얘긴 들었어. 왜 이제 온 거야?"

지원을 들먹이는 부분에 힘이 들어가 있었다. 은연중에 서운한 기분을 내색한 것이다.

그러나 지호는 전혀 알아채지 못했다.

"하하, 제가 좀 늦었죠? 어쩌다 보니 그렇게 됐어요. 누나는 못 본 사이 더 예뻐지셨네요. 늦었지만 졸업 축하드려요!"

예뻐졌다는 칭찬을 듣고 급격히 들뜬 유나는 겉으로 아무렇지 않은 척하며 대답했다.

"별말씀을."

그녀는 조금 더 대화를 나누고 싶었지만, 그 순간 지원이 해맑게 웃으며 말했다.

"왔어? 오랜만에 영화 같이 보겠네?"

유나는 그 둘 사이가 신경 쓰였다.

'뭐야… 둘이 영화도 봤어? 하긴, 친구끼리 그럴 수도 있지.'

그때 지호가 지원을 향해 답했다.

"그러게! 오늘 하루뿐이라서 너무 아쉬워."

그는 이제 선기에게 고개를 돌렸다.

"오랜만이에요, 형. 영화제 기간 동안 누구누구 보셨어요?"

"대런 아로노프스키(Darren Aronofsky), 이창동 감독님과 제 우상인 알 파치노(Al Pacino)까지 먼발치에서 봤어요. 운이 좋았죠."

지호는 고개를 끄덕이면서도 늦게 도착한 것이 못내 아쉬웠다.

'부럽다.'

그는 영화계의 별들을 못 본 것에 미련을 갖고 팸플릿으로
나마 그들의 그림자를 확인했다.

그 결과 올해 베니스 영화제가 특별하다는 사실을 느낄 수
있었다.

"와, 심사 위원진이 왜 이렇게 근사해요?"

눈에 들어온 이름들이 심상치 않았다.

경쟁부문 심사 위원장은 범죄 영화의 대가 마이클 만(Michael
Mann)이 맡았다. 그 외에도 일찍이 베니스 영화제의 심사 위원
장을 맡은 경력이 있는 쿠앤틴 타란티노(Quentin Tarantino)와
대런 아로노프스(Darren Aronofsky), 그리고 이안(Lee Ang) 감독
등이 심사 위원으로 위촉되어 있었다.

이 무시무시한 라인업에 대해 씨너스 필름의 오준상 팀장
이 입을 열었다.

"반갑습니다, 저는 줄곧 이메일 보냈었던 씨너스 필름의 오
준상 팀장입니다."

"아, 인사가 늦었습니다. 신지호입니다!"

배우들과 인사하느라 미처 신경 쓰지 못했던 지호가 서둘
러 인사를 건넸다.

그러자 미세한 미소로 답례한 오준상이 본격적인 설명을
시작했다.

"베니스 영화제는 세계에서 가장 유래가 깊은 영화제임에

도 불구하고 현재에는 그 위상이 전과 같지 않습니다. 물론 지금도 영화제 기간이 다가오면 베니스행 기차표가 연일 매진 되지만, 영화계 내에서의 입지를 되찾기 위한 도약을 준비하고 있다고 보시면 됩니다. 때문에 이번 영화제에서는 대중적으로도, 예술적으로도 인정받고 있는 색깔 짙은 유명 감독들을 심사 위원으로 정한 것입니다. 그들의 심사에 따라 베니스 영화제가 어떤 영화를 낳을지 결정될 테니까요."

"음, 그렇군요."

지호는 친절한 설명 덕분에 정확히 감을 잡을 수 있었다.

"심사 위원들이 다들 워낙 유명한 분들이다 보니, 그분들 영화는 몇 편 빼고 대부분 다 봤습니다. 제 생각에 이번 〈부산〉과 비슷한 작품 경향을 가진 분들이 심사 위원 자리에 오르신 것 같네요."

"네, 제 생각에도 아마 그래서 타 작품에 비해 본선 진출이 좀 수월하지 않았나 싶습니다."

오준상은 수긍하면서도 우려를 내비쳤다.

"하지만 본선에는 그야말로 쟁쟁한 작품들만 살아남았습니다. 심사 위원들의 명성만큼이나 영화제 수준이 높아졌다는 뜻이기도 하지요. 너도 나도 베니스로 작품을 던진 겁니다. 뛰어난 경연작들이 몰린 상황에서도 굳이 자신들과 비슷한 스타일을 가진 영화를 선택할까요? 진부하게 느낄 수도, 객관성을 잃을 수 있다고 생각할지도 모릅니다. 즉, 〈부산〉을 더 까다롭게 심사할 거예요."

무서운 이야기를 들려주듯 진지한 어조였지만 지호는 소탈하게 웃었다.

"실은 지금도 믿기지 않아요. 그런 분들이 제 영화를 심사해 주시다니… 하하, 전 본선에 진출한 것만으로도 영광스러운 걸요."

태평한 모습에 오준상도 으레 어깨 힘이 풀렸다.

"하긴, 그것만으로도 기적적인 일이죠. 충분히 훌륭한 작품들도 예선에서 우수수 떨어졌으니까요. 아마 경쟁작들을 보시면 꽤나 놀랄 겁니다."

이후 그들은 옷을 갈아입고 상영관 건물에서 폐막식 작품을 감상한 뒤, 시상식이 이루어지는 본관으로 출발했다.

베니스 영화제 본관에는 초청받은 각국 깃발들이 펄럭이고 있었다.

그쯤되자 지호는 졸음이 몰려왔다.

'새벽부터 비행기 타고 배 타고 움직였더니 엄청 피곤하네.'

리도 섬의 밤은 아름다웠다.

유명 감독과 배우들이 영화제를 기념하고 있는 포토 존(Photo Zone)을 지나 건물 안으로 들어서자, 먼저 자리에 착석해 있는 사람들이 보였다.

용빈이 반쯤 넋 빠진 표정으로 물었다.

"저 중 절반은 얼굴이 낯익은데, 설마 내가 스크린에서나 보던 사람들은 아니겠지?"

그들 역시 'Busan'이란 팻말이 붙은 자리로 가서 엉덩이를 붙이고 가시방석에 앉은 것처럼 끊임없이 주위를 살폈다.

그 순간 옆 테이블에 앉아 있던 젊은 남자가 불쑥 지호의 어깨를 잡았다.

"저기, 이 승차권 그쪽 겁니까?"

갈색 곱슬머리와 눈동자를 가진 남자였다.

지호는 바포레토 승차권을 건네받으며 살짝 미소 지었다.

"아, 제 티켓이 떨어져 있었나 보군요. 감사합니다."

"날짜를 보니 오늘 오셨나 보네요? 저도 오늘 도착했습니다. 하하, 베니스에 오면 바포레토를 꼭 한 번 이용해 봐야 하는 법인데 주최 측에서 의전 보트를 보냈더군요. 바포레토는 어땠습니까? 편안하던가요?"

남자의 표정을 살피던 지호는 황당한 기분에 사로잡혔다.

'자기는 의전 보트 타고 왔다고 은근히 자랑하는 건가?'

설마 한 지호는 엉겁결에 대답했다.

"네, 뭐… 평소엔 하기 힘든 특별한 경험이었습니다."

"하하! 그렇군요. 너무 의기소침할 거까진 없습니다. 난 전에도 이미 여러 번 베니스에 왔었죠. 주최 측에서도 모든 감독에게 의전 보트를 보내주지 못할 만한 사정이 있을 겁니다."

정작 전혀 신경 쓰지 않고 있던 지호는 어깨를 으쓱였다.

"하하, 네에……."

그때 남자가 다시 입을 열었다.

"그건 그렇고 제 소개가 늦었군요! 전 리치 루카스라고 합니다."

"신지호입니다."

리치 루카스는 고개를 끄덕이더니 지호 뒤편에 자리 잡은 배우들을 보았다.

"실례가 안 된다면 제게 소개해 주실 수 있을까요?"

"아, 네. 그러죠."

대답한 지호가 한 사람씩 소개했다.

"〈부산〉의 주역들입니다. 왼쪽부터 명선기, 최유나, 강지원, 조용빈 배우입니다. 그리고 아직 서 계신 분은 제작사 관계자 분이시고요."

"이렇게 다 함께 오신 걸 보니 영화제 본선 진출에 성공하셨나 보군요!"

리치는 감탄한 듯 말하면서도 지호 뒤편의 배우들을 보며 조소했다. 띄엄띄엄 해석하는 지원을 제외하면 영어로 하는 대화를 제대로 알아듣는 사람이 없었던 것이다. 뺀질뺀질한 표정을 짓고 있던 그가 화제를 돌렸다.

"제 경쟁자는 자비에 돌란입니다. 지난 칸 영화제에서도 경합을 벌였지요. 하하!"

자비에 돌란(Xavier Dolan)은 지호도 익히 알고 있는 천재 영화감독이었다.

돌란은 네 살 때부터 아역배우로 활동을 시작했고 스무 살에 감독으로 데뷔하자마자 전 세계의 주목을 받았었다. 또한 편집, 의상, 총괄 프로듀서, 연출, 각본을 전부 혼자 해결하는 만능 엔터테이너이며 성소수자였다.

'이 사람이 자비에 돌란과 라이벌이라고?'

그러나 정작 리치의 이름은 금시초문이었다.

"아, 네. 굉장히 유능한 분이셨군요."

지호가 그럭저럭 맞장구를 치자 리치는 흡족하게 웃었다.

"하하하하! 뭘 그렇게까지… 영화제 심사 위원들이 저를 좋아하는 것뿐입니다. 그 덕에 참가작이 없는 이번 년도에도 초청받아 참석하게 됐지요."

그사이 유일하게 두 사람의 대화를 전부 알아듣고 있던 오준상이 불현듯 아무렇지 않은 척 한국말로 말했다.

"웬만하면 리치 루카스와는 어울리지 마세요. 배우들 사이에서도 성격 파탄자로 악명 높은 감독입니다."

정작 한국말을 모르는 리치는 멀뚱멀뚱 눈동자를 굴리고 있었다.

굳이 오상준의 경고가 아니더라도, 지호는 리치와 더 이상 어울릴 수 없었다. 사회를 맡은 이탈리아 여배우가 입장했기 때문이다. 보석으로 치장된 화려한 드레스를 입은 그녀는 관객을 향해 우아한 인사를 건네며 활짝 웃었다.

"자리에 계신 신사, 숙녀 여러분 반갑습니다! 저는 영광스럽게도 올해 베니스 영화제의 사회를 맡은 자스민 발티입니다. 로마 출신이죠."

객석에서 잔잔한 박수갈채가 나왔다.

소개를 마친 그녀는 순서대로 시상식을 진행했다.

〈부산〉은 신인 여·남우상(Marcello Mastroianni), 여·남우 주연상(Coppa Volpi), 특별 시나리오상(Premio Speciale per la migliore sceggiatura), 특별 감독상(Premio speciale per la regia), 심사 위원 대상(Gran Premio), 은사자상(Leone d'argento)의 시상 순서가 진행될 때까지도 호명되지 않았다.

그러자 함께 영화제를 관람하던 리치가 위로를 가장해 얄밉게 속을 긁어댔다.

"베니스 영화제는 호락호락하지 않아요. 본선에 진출한 것만으로도 놀라운 일입니다. 하하핫!"

내용을 알아들은 오상준과 지원은 얼굴이 붉어졌지만 지호는 미동도 하지 않았다.

"네, 맞습니다. 이렇게 큰 영화제에 진출하게 된 것만으로도 그저 영광스러울 따름입니다."

"겸손하군요. 아주 좋은 자세입니다. 유능한 감독들 중에는 괴짜가 많지만, 어설프게 그들을 따라할 필요는 없어요. 사람들은 자기 본래의 위치를 잘 알고 있는 사람을 좋아합니다. 이는 심사 위원들도 마찬가지고요."

리치의 말을 한마디로 정리하면 지호가 주제 파악을 잘해서 마음에 든단 소리나 다름없었다.

그때 사회자 자스민이 입을 열었다.

"이번에 노미네이트된 작품들이야말로 오늘 축제의 진정한 메인 코스라고 할 수 있습니다. 그럼 이제 베니스 영화제 최고의 영예인 황금사자상 후보를 발표하도록 하죠!"

황금사자상(Leone d'oro)은 베니스 영화제의 클라이맥스를 장식할 최우수 작품이었다. 즉, 경쟁 부문에 출품된 작품들 중 가장 뛰어나다고 판단되는 작품에 수여하는 상이다. 후보에는 총 네 작품이 선정되었으며 이중 〈부산〉도 포함돼 있었다.

자스민은 〈부산〉에 대해 이렇게 소개했다.

"마지막으로 노미네이트된 작품은 근래 세계 영화계에서 새로운 돌풍을 몰고 있는 한국 장편영화입니다. 학교 측에 촬영 장비를 제공받은 학생의 작품이자, 신인배우들만으로 구성된 초저예산 영화라고 하는데요. 모두들 놀라지 마세요.

장편영화 〈부산〉의 총 제작비는 500만 원, 즉 4,000유로가
조금 넘는다고 합니다!"

장내가 술렁였다.

믿기 힘들다는 반응이 대다수였다.

"그 돈으로 장편을 만드는 게 가능하긴 해?"

"아무리 지원을 받았다고 해도 그렇지, 한 시간 반짜리 영
화제작비가 그것밖에 안 들었다니……."

"저거 농담이지? 40만 유로라고 해도 저예산 영화인데 4천
유로로 만들었다고?"

사람들의 반응을 음미한 오상준이 지호에게 말했다.

"이런, 단숨에 시선을 사로잡은 것 같군요."

"하하, 그러게요."

지호는 대수롭지 않게 대답했다.

반면 리치는 경악을 감추지 못하고 있었다.

"4,000유로짜리 영화가 황금사자상 후보라고? 무슨 착오가
있는 거 아니야?"

사실 놀란 건 관객들뿐만이 아니었다.

〈부산〉의 배우들 역시 두 눈이 찢어질 듯 부릅뜨며 놀란 표
정을 짓고 있었다. 영화제 폐막까지 영화가 상영되지 않았기
에 대부분 단념하고 있었던 것이다. 그런데 다른 상도 아니고,
황금사자상 후보라니!

용빈이 멍한 표정으로 허공에 대고 물었다.

"지금 우리가 베니스 영화제 최고의 작품 후보에 오른 거 맞지?"

"아마도. 설마 했는데……."

유나도 차마 말을 잇지 못했다.

그제야 정신을 차린 지원이 지호에게 말했다.

"저 아저씨, 엄청 놀란 것 같은데?"

그녀는 턱 끝으로 리치를 가리키고 있었다.

리치의 나이는 많이 쳐줘야 삼십 대 초반이다. '아저씨'라고 불리기 애매한 차이였지만, 지원은 잔뜩 들뜬 목소리로 비꼬았다.

"그렇게 노골적으로 무시하더니 꼴좋다!"

그녀의 얼굴을 일별한 지호가 피식 웃었다.

'좀 후련하긴 하네.'

그런데 이 순간 한 사람만은 담담하게 결과를 받아들이고 있었다. 바로 선기였다. 사소한 부분까지 놓치지 않은 지호는 그에 대해 다시 한 번 생각했다.

'확실히 대범해. 저 형, 평정심이 보통이 아니야.'

생전 처음 국제 영화제에 배우로 참석했는데도 불구하고 그에게서는 별반 감정 기복이 느껴지지 않는다.

한편 〈부산〉에 대한 설명으로 장내를 단번에 뒤집어 놓은 자스민이 이내 말을 이었다.

"자, 이제 여러분이 환호하실 시간입니다! 영예의 황금사자 상 수상작은……."

객석이 쥐죽은 듯 침묵에 잠겼다.

그리고 그녀가 마침내 결과를 발표했다.

"한국에서 온 신지호 감독님의 〈부산〉입니다! 축하드립니다."

우레와 같은 박수갈채와 환호성이 쏟아졌다.

지호는 수많은 사람들이 등을 떠밀고 두드려 주는 것 같은 생경한 느낌을 받으며 무대 위로 올라갔다. 흡사 영혼이 유체 이탈한 것처럼 정신이 하나도 없었다.

그를 가볍게 포옹한 자스민이 귓속말로 속삭였다.

"괜찮아요, 디렉터 신. 너무 긴장하지 마세요."

"감사합니다."

수줍게 인사한 지호는 트로피를 손에 든 채 마이크에 대고 운을 뗐다.

"후, 상상도 못 했던 일이라… 얼떨결에 단상까지 올라오긴 했는데 막상 무슨 말부터 해야 할지 떠오르질 않네요. 앞서 나오신 수상자 분들이 말씀하시는 걸 보고 별로 안 떨릴 거라 고 생각했는데, 직접 이 자리에 서니까 머릿속이 새하얗게 변 해 버렸어요."

객석에서 드문드문 웃음이 터져 나왔다.

그 사이 마음을 다스린 지호가 다시 입을 열었다.

"앞서서 보니 해당 작품을 만들면서 겪었던 경험을 하나씩 말하는 게 수상 의례 같더군요. 여러분이 관심을 보여주셨다시피 〈부산〉은 초저예산으로 제작된 영화입니다. 때문에 모니터도 없이 촬영을 했었죠. 또한 한 달도 안 되는 기간 동안 스무 번의 촬영으로 프로덕션을 끝냈습니다. 예산부족으로 인해 재촬영은 꿈도 못 꾸는 상황이었기에 검토 과정을 거치지 않았어요. 대신 저희 스태프들은 매 장면마다 최선을 다해 집중해서 단번에 결과물을 뽑아낼 수 있었죠. 그 작품이 지금부터 여러분이 관람하실 〈부산〉입니다. 감사합니다. 이 모든 영광을 영화화되기까지 함께 애써준 배우들, 액션스쿨 가족들, 씨너스 필름과 한국예술대학교에 돌립니다."

관객들이 뜨겁게 호응했다.

지호는 그 열렬한 관객 반응을 확인하며 무대에서 내려갔다. 곧 무대 불이 소등되고 박수 소리가 잦아드는 가운데 대형 스크린에 〈부산〉의 오프닝 크레디트가 나오기 시작했다.

'과연 어떤 결과가 나올까?'

영화를 모두 본 후에 나올 관객들의 반응이 궁금해졌다.

지호도 〈부산〉 테이블에 잠자코 앉아서 함께 관람을 했다. 이곳의 장점은 즉석에서 관객의 반응을 고스란히 체감할 수 있다는 점이었다.

'설렘 반, 두려움 반이네.'

편집은 나무랄 데가 없었지만 열악한 여건에서 촬영한 티가 났다. 사이사이 초점 나간 부분과 시체의 어색한 분장이 잡히기도 했던 것이다.

만약 심사자가 한국의 평단이었다면 '성의 없는 영화'라고 단정 지었을 여지가 있었다.

그 점을 들며 오준식이 말했다.

"베니스 영화제 심사 위원들은 기술적인 결함이 아닌 영화 자체의 완성도를 높이 삽니다. 그게 바로 우리가 부산이 아닌 베니스로 넘어온 이유죠. 이곳 심사자들은 말하고자 하는 명확한 주제와 예술적인 감각이 살아 있는 작품이라면, 사사로운 흠쯤은 대수롭지 않게 넘길 사람들이니까요."

지호는 고개를 끄덕였다.

"분위기 자체가 많이 다른 것 같긴 합니다. 한국에선 수상자가 모자를 쓴 채 시상식 트로피를 받는 장면을 상상하기조차 힘드니까요."

"뭐, 비슷해요. 이쪽 심사 위원들의 경우 포용력이 있다고나 할까? 작품내용 자체가 조악한 면모를 덮을 만큼 몰입도 높은 전개를 보여준다면, 다소 기술적인 부분이 떨어진다 해도 충분할 테니까요."

두 사람이 목소리를 낮춰 대화를 나누는 사이 영화는 중반을 향해 치닫고 있었다.

지호는 무심코 주변을 돌아봤다.

모든 관객들이 당장에라도 스크린에 빨려 들어갈 것처럼 영화에 몰입하고 있었다. 어둠 속에서도 반짝이는 두 눈동자와 진지한 표정이 그걸 말해주었다.

'이건 마치… 꿈속에 있는 것 같은 기분이야.'

세계인의 주목을 받는 큰 영화제에서 자신의 작품이 상영되고 있다. 이는 지호에게 어떤 말로도 형언할 수 없는 기묘한 기분을 주입했다.

*   *   *

영화가 끝난 후 지호와 배우들은 인터뷰 부스로 이동했다. 황금사자상을 거머쥔 베니스 영화제 '최후의 승자'였기에 각종 매체에서 인터뷰 요청이 쏟아졌던 것이다.

예기치 못한 상황이 터지자 유나는 얼굴이 홍시처럼 붉어진 채 어쩔 줄 몰라 하고 있었다. 딱히 무어라 말을 하진 않았지만 초조한 불안감이 표정에서 드러났다.

그에 지호가 물었다.

"누나, 무슨 일이에요?"

"어, 그게……."

유나는 말을 잇지 못하고 입을 꾹 닫았다.

결국 옆에 있던 용빈이 한 발 나서며 대답했다.

"영어로 인터뷰를 해야 할 텐데, 우린 곤란하니까."

이런 문제까지 신경을 쓰지 못했던 지호는 아차 싶었다. 그러나 금세 해결책을 생각해냈다.

"우리 팀은 모두 모국어로 인터뷰에 응할 겁니다, 걱정하지 않으셔도 돼요."

그렇게 안심시킨 지호는 주최 측에 직접 찾아가서 각자 개인 통역사를 붙여달라고 요청했다. 자신은 영어로 의사소통하는 데에 불편이 없었지만 배우들이 망신스럽지 않도록 조치한 것이다. 그리고 다행히 그의 의견은 받아들여졌다.

한편 배우들은 이런 지호의 세심한 배려에 감동했다. 마침내 배우들이 인터뷰 부스로 들어가고, 중간에서 오상준이 인터뷰 요청을 걸렀다.

지호 역시 한 여기자와 마주 앉게 되었다.

큰 키와 탄탄한 몸매, 지적인 미모를 가진 금발의 여기자가 물었다.

"반갑습니다, 전 〈더 할리우드(The Hollywood)〉의 로즈마리 왓슨이에요."

"신지호입니다."

"인터뷰에 응해주셔서 감사해요. 〈부산〉은 정말 감명 깊게 봤습니다."

"하하, 감사합니다."

"〈부산〉이 지금 한국에선 상업 영화로 개봉되어 있는 상태죠?"

"네, 그렇습니다."

"음, 근래 나오는 대부분의 영화들은 밝은 이야기를 주로 다루고 있어요. 어두운 이야기를 하면 관객들이 안 보기 때문이죠. 풍선껌이나 솜사탕처럼 달콤해야 한다는 흥행 공식이 생긴 것 같다고 할까요? 마치 디즈니 영화처럼 말이죠."

지호가 미소 지으며 고개를 끄덕였다.

"일부분 인정합니다."

로즈마리는 눈을 반짝이며 물었다.

"그런데 왜 굳이 비극적인 현실을 적나라하게 보여주는 어두운 영화를 만드신 거죠? 주인공의 삶을 따라가면서 마음 아프고 가슴 졸였던 건 사실이에요. 그만큼 여운도 남고요. 하지만 주인공이 행복했으면 하고 감정이입해서 봤던 관객 입장에선 영화가 끝난 후 유쾌하지만은 않았는데요."

"음, 말씀하신 풍선껌이나 솜사탕은 달콤하지만 이를 썩게 만들 수 있죠. 복수를 하고 사람을 죽이는 상황을 달콤하게 말해주었다면 한 편의 통쾌하고 멋진 액션 활극이 탄생했을지 모릅니다. 하지만 그로 인해 관객들은 '폭력'에 대한 경각심이 약해질 수도 있죠. 아니, 오히려 선망하게 될 수도 있지 않을까요? 이 영화는 폭력으로 아무것도 해결할 수 없는 현실, 그 결론에 도달하는 과정입니다."

"그렇군요."

열심히 받아 적은 로즈마리가 이어 말했다.

"전 〈부산〉을 보고 감독님은 우리 마음속에 살고 있는 괴물을 꿰뚫어 볼 줄 아는 사람이라고 생각하게 됐어요. 주인공은 상황에 의해 점점 악마로 변해가죠. 끊임없이 자아와 초자아 사이의 갈등을 겪습니다. 화려한 총격전이 아닌 절제된 액션이 계속 나오고요."

"운이 좋게도 어쩌다 보니 액션 씬이 영화 분위기랑 맞아떨어졌지만, 사실 의도한 건 아닙니다. 당시 촬영 여건이 그랬을 뿐이죠. 결과적으로는 만족합니다."

"그렇다면 배우들은 이 부분에 대해 불만이 없었나요? 〈부산〉이 베니스 영화제 최고의 '황금사자상'을 받은 바람에 배우들이 수상을 못한 걸 수도 있는데요."

"네? 그게 무슨 말씀이시죠?"

"아, 못 들으셨나 보네요."

로즈마리가 말을 이었다.

"'황금사자상'을 받으면 그 작품 안에서는 더 이상 수상자가 나올 수 없게 됩니다. 한 작품에서 중복 수상이 불가하니까요."

"중복 수상이 불가능하다고요?"

로즈마리가 고개를 끄덕였다.

"네, 제가 들은 바로는 최유나 씨가 신인여우상, 명선기 씨가 남우주연상 후보에 올랐었다고 했어요. 〈부산〉이 황금사자상으로 내정되어 있었기 때문에 공식 발표는 없었지만."

"아! 그랬군요."

지호는 이제 이해가 간다는 듯 대답했다.

"더러 결함이 있던 〈부산〉 자체도 주목을 받았는데, 열연을 펼쳐가며 작품을 빛내준 우리 배우들이 외면당한 게 아닌가 싶었거든요."

"겸손하시네요."

로즈마리의 입가에 미소가 번졌다. 그녀는 수첩을 덮으며 덧붙였다.

"하지만 그런 걱정은 안 하셔도 될 거예요. 베니스 영화제에서 황금사자상을 받은 것만으로 이미 작품의 완성도는 증명된 셈이니까요. 그중에는 배우들의 연기력도 포함되죠."

지호는 손에 들린 트로피를 내려다보았다.

날개 달린 황금사자.

붕 들떠 있던 마음이 점차 가라앉고 있었다.

*　　　*　　　*

영화제가 끝나자 지호는 서둘러 돌아가려 했다. 그러나 일행들은 한통속이 되어 그를 말렸다.

특히 오상준은 꽤 설득력 있는 말로 지호를 붙잡았다.

"안 그래도 돌아가시면 한창 바빠지실 텐데, 이곳에서 마무리를 짓고 가시는 편이 낫지 않겠어요? 마침 베니스에 오신 김에 기자들과 인터뷰 일정을 소화하고 돌아가시는 편이 좋을 것 같습니다. 한국에서 온 배우들과도 오랜만에 만나셨잖아요."

결국 그 말에 동의한 지호는 베니스 리도 섬에서 일주일을 더 보냈다.

그는 인터뷰 일정을 널찍하게 잡고 한국에서 온 배우들과 해변에서 휴양을 즐겼다. NFTS의 팀원들에게도 일주일로 얘기해 두었기 때문에 별다른 잡음은 없었다.

베니스에서의 마지막 날 밤. 〈부산〉 일행은 편안한 옷을 입고 해변에서 맥주와 소시지를 구워먹으며 간단한 파티를 했다.

자연스레 분위기 메이커 역할을 맡게 된 용빈이 포크를 입에 대고 지호에게 물었다.

"자, 감독님? 베니스 영화제에서 최연소 황금사자상 수상자가 되신 소감 한 말씀만 해주시죠!"

지호는 두 볼이 빨개져 미소를 머금었다. 기분 좋은 정도의 취기가 올라 있는 것이다. 잠시 생각하던 그는 질문에 응했다.

"음, 사실 트로피를 손에 쥐었을 땐 실감이 나질 않았어요. 그 순간 저절로 울컥하더라고요. 그다음엔 영화 만들던 과정들이 파노라마처럼 지나갔죠. 그런데 여기서 중요한 건……."

말끝을 흐린 지호가 장난스럽게 덧붙였다.

"호텔 방에 들어오는 순간 여운은 사라지고, 또다시 이런 세계 무대에 서고 싶다는 생각만 들었어요."

그 순간 듣고 있던 오상준의 입가에 웃음기가 번졌다.

"수상까진 모르겠지만, 잘하면 또다시 세계 무대에 서고 싶다는 바람을 이룰 수 있을 것 같은데요?"

앞뒤 잘라먹은 대답을 들은 유나와 용빈이 눈을 동그랗게 뜨며 물었다.

"팀장님, 뜬금없이 그게 무슨 소리예요?"

"지호가 다시 세계 무대에 선다고요?"

오상준은 고개를 끄덕이며 뜻밖에 소식을 전했다.

"아직 확실한 건 아니지만 내년 2월에 있을 아카데미 시상식의 시상자로 초청받게 될 수도 있을 것 같아요. 영화제에 참석한 미국영화예술과학아카데미(AMPAS) 사장 톰 윌슨이 내게 미리 언질을 주었습니다. 영화제 기간 동안 잡다한 일 처리를 도맡아 했더니, 다들 날 지호의 대리인쯤으로 짐작한 것 같더라고요."

"네? 아카데미 시상식이요?"

마침내 지호가 반응을 보였다.

"아무리 베니스 영화제에서 황금사자상을 받았다고 하더라도 제가 시상자로 참석할 자격이 될까요?"

"음, 그 부분은 설명이 좀 필요할 것 같네요. 먼저, 아카데미 시상식은 사실상 미국 영화인들의 집안 잔치란 타이틀을 여전히 벗지 못하고 있어요. 로스앤젤레스 내에 있는 상영관에서 1주일 이상 상영된 작품만 참가 자격을 주는 조건만 봐도 알 수 있죠. 그럼에도 최고의 영화제 중 하나가 된 건 전 세계 영화 시장을 쥐락펴락하는 할리우드의 영향력 때문이에요."

"그렇다면 더더욱 영화제의 시상자로 초청받을 가능성이 낮은 것 아닌가요?"

"아니, 그 반대입니다. 아이러니하게도 바로 그 점 때문에 감독님이 아카데미 시상자로 초청될 가능성이 높다고 보는 거죠. 올해 베니스 영화제 황금사자 수상자가 신인 감독이라는 사실만으로도 파장을 일으키고 있으니까요. 이건 말로 하는 것보다 눈으로 직접 보는 편이 빠를 겁니다."

오상준은 태블릿을 꺼내 인터넷 즐겨찾기에 등록되어 있는 미국영화예술과학아카데미(AMPAS) 홈페이지로 들어갔다. 그곳에는 '시상자 후보'라는 제목과 함께 사장 톰 윌슨이 며칠 전 게재한 게시물이 올라가 있었다.

"댓글 한번 보시죠."

오상준이 스크롤을 내렸다. 이내 지호를 시상자 후보로 삼은 것에 관한 의견들이 분분하게 나와 있었다.

지호는 자신과 관련된 댓글만 읽었다.

tary76
베니스 영화제 황금사자상을 받은 젊은 동양인 감독? 그냥 몇 시간 동안 앉아서 박수치게 하려고 부르는 거겠지. 대부분의 참석자들은 그저 그런 자리 채우기로 참석하는 거잖아.

neoncolor
할리우드에 동양인들이 많아져서 좋네.
오스카는 진작 백인 수를 좀 줄였어야 했어.

aurora_l
이십 대 초반에 베니스 영화제 최고의 스타가 됐다는 건 능력이 있다는 거야. 우리는 인종이나 경력이 아닌, 능력에 초점을 맞춰야 해.

whitefruit
과연 그를 알아보는 사람이 있을까? 차라리 단역배우를 시상자로 세우는 편이 낫다고 봐.

Amadeus
올해 오스카는 백인들로 가득했어. 그에 대해 비판하는 인터넷 운동도 크게 일어났었지. 이 젊은 감독이 초대된 것도 그에 따른 결과일 거야.

긍정적인 내용도, 부정적인 내용도 있었다.

눈치를 살피던 오상준이 물었다.

"어때요?"

"제가 시상자 후보에 오른 것에 대한 찬반이 갈리긴 하지만, 찬성하는 쪽이 훨씬 많네요."

"맞아요, 그래서 제가 가능성이 높다고 했던 겁니다."

"그런데… 이 사람들 대부분이 제 존재를 단지 영화제의 다양성을 추구하기 위한 상징적 의미로 생각하는 것 같아요."

"그건 어쩔 수 없는 일이죠. 하지만 시상자 프로필과 필모그래피가 고스란히 TV중계를 타니까 〈부산〉에 대한 관심을 단번에 끌 수 있을 겁니다. 미국 전역에 공짜 홍보를 하는 셈이에요. 광고비만 생각해도 어마어마하게 절약하는 셈이죠."

오상준은 씨너스 필름 측 사람이다. 다시 말해 〈부산〉을 홍보하고 수익을 높이는 것이 그의 목표였다.

지호와 다른 입장이었지만 둘 간의 공통점은 있었다.

'영화가 잘되면 나뿐만 아니라 배우들에게도 좋은 일이야.'

수상자도 아닌 시상자로서 따가운 시선을 받기는 다소 불편했지만, 영화를 위해서라면 감수할 수 있는 일이었다.

"일단 그 부분에 대해서 좀 더 상황을 지켜봐야겠네요."

생각했던 것보다 반응이 시들시들해 배우들은 섣불리 축하하지도 못하고 눈치를 봤다.

기대감에 차서 소식을 전한 오상준 역시 맥 빠지기는 마찬가지였다.

'단지 본보기로 초대된다는 것 때문에 자존심이 상한 건가?'

그는 아차 싶었다.

'하긴, 당사자는 야유를 견뎌야 할지도 모르는 판국에… 내가 너무 속 편하게 말한 걸 수도.'

그럼에도 흥행 수익을 올리려면 아카데미 시상식에 참여해야 된다는 사실에는 변함이 없었다.

침묵이 내려앉은 사이 지원이 태블릿을 들고 배우들에게 댓글 내용을 말해주었다.

모두 들은 유나가 미간을 찌푸리며 물었다.

"이거, 뽑힌다고 꼭 참석해야 돼요? 말이 초청이지 동물원 원숭이 만드는 거잖아요, 지금."

"아니, 강제성은 없어요. 만약 지호가 뽑히게 된 경우라 해도 당사자가 거부한다면 다른 시상자를 섭외하겠죠. 뭐, 그리 어려운 일은 아니니까."

오상준의 대답을 들은 용빈은 유나와 의견이 달랐다.

"그래도 외국인, 그것도 동양인이 아카데미 시상식에 시상자로 선다는 건 뜻 깊은 일이잖아요?"

"대부분이 그렇게 생각하죠. 그만큼 영향력 있는 시상식이니까."

오상준은 꼬박꼬박 대답해 주면서도 어느 한쪽으로 편향되지 않으려 했다.

"우리 회사 측 입장을 별개로 치고 봤을 때도 영화제 참석은 보는 각도에 따라 시기상조라고 생각될 수도, 반면에 좋은 경험이라고 생각될 수도 있는 거니까요."

팔짱을 낀 채 잠자코 듣고 있던 선기가 불쑥 말했다.

"전 우리 감독님이 언제고 다시 아카데미 시상식에 갈 기회를 얻을 수 있다고 생각해요. 그때 박수를 받으며 수상자로 참석하는 편이 낫지, 굳이 무의미한 시상자로 참석할 필요가 있을까요?"

지원도 그 말에 고개를 끄덕였다.

배우들 사이에서 의견이 분분하자 결국 다시 지호에게 시선이 집중됐다.

그리고 마침내 지호가 입을 열었다.

"만약 시상자로 초청받게 된다면 기쁜 마음으로 참석하도록 할게요."

다음 날, 런던 행 비행기를 타기 전, 지호는 낯익은 사람과 마주쳤다. 베니스 영화제 현장에서 지호를 깔보며 자기 자랑을 떠들던 리치 루카스였다.

그는 활짝 웃으며 친근하게 말을 붙였다.

"영화제가 끝난 지도 벌써 일주일이나 지났는데 여기서 다 만나는군요! 그것도 이 넓은 공항에서 말이죠."

"아! 안녕하세요."

마주 인사한 지호는 친절하게 이어 물었다.

"그나저나 어디로 가세요?"

"미국으로 돌아가서 장차 아카데미 시상식 작품상을 받게 될 영화를 만들려고 합니다. 하하핫!"

"꼭 잘되셨으면 좋겠네요."

"하하, 신 감독도 잘될 겁니다! 처음에는 평범한 신인 감독인 줄 알았는데, 신 감독이 연출한 영화를 보고 전도유망하다고 판단했어요."

"좋게 봐주셔서 감사합니다."

그때 리치가 불쑥 명함 한 장을 내밀며 말했다.

"혹시 우리 연출팀에 들어오고 싶으면 연락해요. 신 감독 같은 인재는 중용할 생각이니, 함께 좋은 작품을 만들어 보는 것도 좋을 것 같아서 말입니다. 나와 일을 하면 많은 걸 배울 수 있을 겁니다. 지금도 같이 작업하고 싶다는 친구들이 어마어마하게 줄을 서 있죠."

지호는 명함을 간직하며 공손하게 대답했다.

"네, 생각해 보고 연락드리겠습니다."

"그래요, 난 비행기 시간이 다 돼서… 먼저 가보겠습니다.

리치는 시계를 확인하더니 더 붙잡지 않고 먼저 자리를 떠났다.

한차례 돌풍이 지나간 뒤 지호는 의자에 편히앉아 휴대폰으로 메일함을 확인했다.

빌이 보낸 촬영 진척 사항들이 도착해 있었다. 내용을 세세하게 읽어본 지호의 입가에 미소가 번졌다.

'영화제작 끝날 때까지 여기에 눌러앉아도 될 것 같은데?'

확실히 NFTS 학생들의 수준은 세계 정상급이었다. 노하우 면에선 기성 감독들을 따라가지 못하겠지만, 창의력과 감각적인 연출로 충분히 부족한 부분을 커버하고도 남았다.

"대단해."

지호가 중얼거리며 빼곡한 문서의 스크롤을 내렸다. 문서 하단에 '미스터 블루'에 관한 내용이 눈에 들어왔다. 그곳에는 영화제작 현황에 대한 과정들이 소상하게 적혀 있었다.

—며칠 전, 네가 부탁한 대로 'There'에 다녀왔어!

네러티브 제작사, 씬 크리에이터, 크레딧 타이틀.

세 곳 모두 프로덕션이 끝났다고 연락이 왔더라. 아직 포스트 프로덕션(Post—production)이 끝나려면 시간이 좀 걸리겠지만 연말이면 극장가에 상영되기 시작할 거 같아.

미국 제작사인 네러티브 제작사와 씬 크리에이터에서 전담한 〈톱스타와의 일주일〉이나 〈잊지 못할 순간〉이 먼저 아카데미 시상식에 들어갈 예정이고, 이어서 영국 제작사 크레딧 타이틀의 〈플래시〉 역시 시상식에 참여할 계획이래. 맙소사.

우리 예상보다 판이 더 커졌어! 세 작품 모두 아카데미 시상식을 단단히 벼르고 있는 것 같더라고. 네가 쓴 세 작품이 모두 각본상 후보작으로 오른다면 재밌는 일이 벌어질 것 같지 않아? 각본가 이름이 죄다 '미스터 블루'라는 익명으로 되어 있다면 말이야. 하하, 슬슬 마음의 준비를 해야 되지 않을까? 부디 행운을 빌어.

너의 친구 빌.

『기적의 연출』 4권에 계속…